Thomas Himmelbauer

Tod in Pannonien

Kriminalroman

Tod in Pannonien

Im kleinen südburgenländischen Ort Güttenbach werden zwei Ausländer ermordet: zunächst eine slowakische Altenpflegerin und rund einen Monat später der Leiter einer slowakischen Volkstanzgruppe. Bei den Ermordeten werden Plakate mit der Aufschrift „Ausländer raus" gefunden. Trotz intensiver Recherche finden die Kriminalisten keine Anhaltspunkte, um den Täter zu fassen. So wird ein junger Beamter des Innenministeriums, Anton Geigensauer, auf den Fall angesetzt. Er soll sich in Güttenbach ansiedeln und getarnt als Angestellter der Wetterstation ermitteln. Aber auch Geigensauers Bemühungen fruchten zunächst wenig. Das Motiv des Täters bleibt rätselhaft. Als Geigensauer beginnt, sich in Güttenbach heimisch zu fühlen, geschieht ein weiterer Mord.

Thomas Himmelbauer

Geboren 1960 in Wien, verheiratet, 2 Kinder. Studium für das Lehramt an Höheren Schulen in den Fächern Mathematik und Physik. Seit 1984 als Lehrer an Allgemeinbildenden Höheren Schulen tätig. 1987 promovierte Thomas Himmelbauer zum Doktor der Naturwissenschaften.

Thomas Himmelbauer

Tod in Pannonien

Kriminalroman

federfrei

Marchtrenk, 2009
www.federfrei.at

Umschlagabbildung: Augenblicke, Otto Durst, Fotolia
Lektorat: Mag. Gertraud Mayr-Rosska
Satz und Layout: Verlag Federfrei
Druck und Bindung: Opolgraf S.A., Polen

ISBN 978-3-95025-606-2

Für meine Frau und meine Kinder.
Meinem Vater Dank für die Durchsicht des Manuskripts.

Sie fuhren von Wien kommend auf der Südautobahn in das Wiener Neustädter Becken hinunter. Das Betonband der Autobahn erstreckte sich im gleißenden Licht der Sonne weit durch die Landschaft. Die Konturen von Rax und Schneeberg hoben sich messerscharf gegen den blassblauen Septemberhimmel ab. Der Mann am Steuer des weißen BMW war wohlbeleibt und der üppige Schnurrbart stand im Gegensatz zu seiner fast vollständigen Glatze. Zwischen seinen dunklen, matten, traurigen Augen beherrschte eine lange Nase sein Gesicht. Hemd, Hose und Krawatte entsprachen der neuesten Mode. Jörg Drubovic arbeitete schon seit dreißig Jahren im Innenministerium.

Der schlanke junge Mann neben ihm am Beifahrersitz hatte glattes, schwarzes Haar und trug einen Vollbart. Sein Kopf war lang und schmal. Seine schwarzen, leicht glänzenden Augen blickten verträumt zu den Gipfeln der Berge empor. Anton Geigensauer arbeitete seit zwei Jahren als Jurist im Innenministerium. Sein Hobby war die Meteorologie. Abteilungsleiter Jörg Drubovic war sein Vorgesetzter.

„Der Chef hat gesagt, meine Nachforschungen könnten Monate dauern“, meinte Anton Geigensauer plötzlich.

„Es kann auch Jahre dauern“, erwiderte Drubovic lächelnd.

„Du hast dir ohnehin ein Jahr frei genommen, um deine Dissertation fertig stellen zu können. Was dir der Chef nie bewilligt hätte, wenn du nicht zugesagt hättest, nebenbei die Ermittlungen durchzuführen.“

„Hoffentlich haben die Ermittlungen und die Dissertation nach diesem Jahr ein Ende gefunden“, sagte Geigensauer nachdenklich.

Ö3 Verkehrsdienst. A2, Südautobahn. Nach einem Unfall bei Leobersdorf ist die Südautobahn Richtung Graz gesperrt. Der Notarzthubschrauber wird in wenigen Minuten landen. Der Stau beträgt bereits zwei Kilometer.

„Gut, dass wir Leobersdorf schon hinter uns haben. Freitag um 14 Uhr ist der Verkehr am stärksten. Um diese Zeit fahren alle Pendler nach Hause. Die ersten Jahre bin ich zum Wochenende immer heim nach Güttenbach gefahren", ergänzte Drubovic die Meldung aus dem Autoradio.

„Was ist dieses Güttenbach eigentlich für ein Ort?", fragte Geigensauer.

„Warst du schon einmal im Burgenland?", wollte Drubovic wissen.

„Einmal war ich schwimmen im Neusiedlersee bei Podersdorf."

„Die Wiener sind alle gleich. Keine Ahnung von der nächsten Umgebung. Es ist ein kleiner Ort im südburgenländischen Hügelland."

„Wo jeder jeden kennt? "

„Ja, ein reizender Ort mit Kirche, Fußballplatz und einem sehr aktiven Vereinsleben."

„... mit gemähten Wiesen, sauberen Gärten und geputzten Autos?", setzte Geigensauer die Aufzählung fort.

„Spotte nur. Vielleicht bleibst du jahrelang dort. Es ist eine kroatische Ortschaft. Die Güttenbacher sind stolz auf ihre kroatische Tradition und pflegen sie. Sie haben eine Tamburizzagruppe und ein Pannonisches Institut. Kako te ide?"

„Was sagst du?", erwiderte Geigensauer mürrisch.

„Ich habe dich gefragt, wie es dir geht!"

„Schlecht", sagte Geigensauer hart, „ich kann nicht kroatisch."

Verwundert blickte Drubovic auf seinen Beifahrer und meinte: „Ich wäre gerne statt dir nach Güttenbach gegangen. Wieder ein paar Monate in der Heimat zu leben hätte mir sicher gut getan!"

„Und warum gehst du nicht?"

„Der Chef will jemanden schicken, der im Südburgenland unbekannt ist. Hat er dir das nicht gesagt?"

„Mir hat er nur gesagt: ‚Geigensauer, Sie sind mein Mann, Sie haben keine Familie und Sie sind kein Burgenländer. Halten Sie die Augen offen und schauen Sie, dass niemand mehr umgebracht wird!' "

„Sonst hat er dir nichts gesagt?", fragte Drubovic.
„Nein."
„Manchmal ist er komisch", lachte Drubovic und überholte langsam einen Autobus.
„Sehr komisch, wirklich."
Schweigend fuhren sie die lange Steigung beim Knoten Grimmenstein hinauf. Geigensauer dachte darüber nach, ob er der geeignete Mann für diesen Fall war.

Ö3-Verkehrsdienst. A2-Südautobahn: Bei Leobersdorf ist nun auf Grund von Schaulustigen Richtung Wien ein Unfall passiert. Zwei Fahrstreifen sind gesperrt. Es hat sich schon ein kurzer Stau gebildet.

„Es gibt mehr Idioten auf dieser Welt, als man glaubt", murmelte Drubovic in seinen Bart und fuhr fort: „Du wirst im Haus meiner verstorbenen Tante untergebracht. Unser Ministerium hat es gekauft und eine Wetterstation eingerichtet. Du bist als Mitarbeiter der Hohen Warte getarnt."
„Wissen die Wetterfrösche von ihrem Glück?"
„Sie sind informiert. Du wirst ihnen tatsächlich Wetterdaten liefern. Zur Einschulung kommt morgen jemand bei dir vorbei. Güttenbach hat rund tausend Einwohner. Sehr viele sind miteinander verwandt. Pass bitte auf, was du machst und sagst."
„Wie meinst du das?"
„In Güttenbach kann nichts geschehen, ohne dass es jemand beobachtet. Wenn du in der Früh etwas sagst, weiß es zu Mittag der ganze Ort."
„Getratscht wird in anderen Orten auch. Die beiden Morde aber hat niemand gesehen", entgegnete Geigensauer.
„Nein, niemand hat etwas beobachtet. Trotzdem bin ich sicher, dass es kein Güttenbacher war."
„Dein Lokalpatriotismus in Ehren", lächelte Geigensauer, „wer kennt schon alle Psychopathen? Nur die Eltern kennen sie. Aber die wollen den Wahnsinn ihrer Kinder nicht immer wahrhaben."

„Vielleicht hast du Recht. Aber ich kenne die Güttenbacher. Unter ihnen ist kein Mörder."

„Wer soll es sonst gewesen sein?"

„Das sollst du herausfinden. Setz dich in die Gasthäuser, sprich mit der Bäckerin, wenn sie in der Früh die Semmeln liefert. Dir wird schon etwas einfallen."

„Weiß die Ortspolizei von meinem Auftrag?"

„Nein, da gibt es vielleicht undichte Stellen. Man will diesmal ganz sicher gehen. Die Sache muss möglichst bald aufgeklärt werden."

„Und was ist mit der Sonderkommission, die seit einem Jahr ermittelt?"

„Ihre Ermittlungen wurden eingestellt."

Die Autobahn zog in langen Kurven den Wechsel hinauf. Zur Rechten erstreckte sich der mächtige Rücken des Berges. Ganz oben konnte Geigensauer das Schutzhaus erkennen.

„Wem soll ich meine Ergebnisse mitteilen?", fragte Geigensauer.

„Mir per E-Mail. Außer dem Chef, dir und mir, weiß niemand von deiner Mission. Der Chef glaubt nicht mehr daran, dass Fingerabdrücke, Verhöre, Rasterfahndung oder Abhören von Telefonen zum Ziel führen werden. Damit haben sich die besten Spezialisten nun schon ein Jahr lang ohne Erfolg beschäftigt. Nein, man muss dort leben, um den Mörder zu finden."

Nun gaben die bewaldeten Vorberge des Wechsels den Blick auf Rax und Schneeberg frei. Warum lag Güttenbach nicht in den Bergen? In einem Osttiroler Bergdorf hätte sich Geigensauer leichter eingelebt. Von seinen Urlauben kannte er die Berge, ihre beengenden Hänge, ihre Kanten und Spitzen, den kleinen Himmel über ihren Schluchten, die unendlichen Weiten, die sich von ihren Gipfeln auftaten und die Wolken, die so nahe waren. Die Ebenen mit ihren beruhigenden, sanften Rundungen und dem weiten Himmel, auf dem sich die Wolken verloren, kannte er nicht.

Ö3-Verkehrsdienst. Niederösterreich, A2 Südautobahn, Richtung Graz. Die Unfallstelle bei Leobersdorf ist geräumt, aber der Stau löst sich nur langsam auf. In der Gegenrichtung sind nach wie vor zwei Fahrstreifen gesperrt. Der Stau ist fünf Kilometer lang. Der Zeitverlust beträgt etwa eine Viertelstunde.

„Ich brauche eine Zigarette und einen Kaffee", sagte Drubovic und bog zur Autobahnstation ab, „ich lade dich zu einem Kaffee ein."

„Danke. Ich trinke keinen", lehnte Geigensauer ab, "ich gehe mir lieber die Beine vertreten."

Drubovic parkte direkt vor der Raststation. Überraschend schnell schob er seinen Bauch am Lenkrad vorbei aus dem Wagen und verschwand im Restaurant. Geigensauer ging hinauf zur Tankstelle und genoss den wunderbaren Ausblick.

Wie sollte er die beiden Morde aufklären, wenn sich ganze Kommissionen schon lange ihre Köpfe darüber zerbrochen hatten. Andererseits hatte der Auftrag deswegen seinen Reiz. Doch was könnte das Motiv für die Morde sein. Fremdenfeindlichkeit?

Der Südwind blies stark und die Fahnen knatterten im Wind. Geigensauer spazierte zwischen den geparkten Lastwagen und ging dann zum Auto zurück. Dort stand bereits Drubovic und rauchte.

„Gehst du am Sonntag in die Messe?", fragte Drubovic, als sie wieder auf der Autobahn waren.

„Ja", erwiderte Geigensauer.

„Das ist gut. In Güttenbach gehen die meisten Leute in die Messe. Die Kroaten sind sehr katholisch."

„Wenn der Mörder ein katholischer Kroate war?"

„Der Mörder war kein Güttenbacher."

„Warum bringst du mich dann dort hin?"
„Der Mörder ist kein Güttenbacher, aber sie haben ihn vielleicht gesehen oder kennen ihn, ohne zu wissen, dass er der Mörder ist."
„Wetten, der Mörder ist ein Güttenbacher?"
Die Sicherheit, mit der Drubovic annahm, dass der Mörder kein Güttenbacher sei, reizte Geigensauer.
„Um hundert Euro?"
„Die Wette gilt."
Die Autobahn schlängelte sich an den Berghängen hinunter. Malerisch wechselten Wälder mit großen weiten Wiesenflächen, auf denen einsam große Bauernhöfe lagen. Auf einer fernen Hügelkette ragte ein Kirchturm spitz in den Himmel hinauf.
„Der erste Mord geschah letztes Jahr im August", meinte Drubovic nachdenklich, „die Leiche war schon ziemlich verwest, als sie gefunden wurde. Sonntägliche Spaziergänger nahmen in der Nähe einer kleinen Kapelle starken Aasgeruch wahr und verständigten den Jäger. Er fand mitten in einem Maisfeld hinter der kleinen Kapelle eine Frauenleiche. Die Frau war durch einen Schuss in den Kopf getötet worden. Sie wies aber auch einige Knochen- und Rippenbrüche auf, die ihr vermutlich erst nach ihrem Tod zugefügt worden waren. Es gab keine Fuß- oder Schleifspuren im Feld und auch keine verwertbaren Autospuren auf dem Weg, der entlang des Feldes führte. Ob die Tat in der Nähe des Fundortes der Leiche begangen wurde oder ob die Leiche nach der Tat dorthin gebracht wurde, konnte nicht geklärt werden. Neben der Frau lag ein Karton mit der Aufschrift ‚Ausländer raus'. Die Leiche konnte rasch identifiziert werden, da eine in Güttenbach arbeitende slowakische Altenpflegerin namens Betka Hanuliankova schon seit einer Woche abgängig war."
Eine hohe Autobahnbrücke überspannte ein tiefes Tal. Zur rechten Hand lag der Ort Pinggau am Fuße des Wechsels.
„Wer hat die Frau zuletzt gesehen?", fragte Geigensauer.
„Sie betreute ein altes, allein stehendes Ehepaar. Der Mann, Erich Drubovic, ist schon 80 Jahre alt und seine Frau Gerda sitzt seit

einem Autounfall im Rollstuhl. Es gibt Zeugen, die gesehen haben, wie Erich Drubovic die Pflegerin zur Bushaltestelle gebracht hat und sie in einen Bus der Südburg Richtung Wien eingestiegen ist. Sie wollte in Oberwart einkaufen. Der Busfahrer konnte sich aber nicht erinnern, wo die Frau dann ausgestiegen war."

„Ist die Familie Drubovic mit dir verwandt?", wollte Geigensauer wissen.

„Nein."

„Ist Betka Hanuliankova in Oberwart gesehen worden?"

„Eine Befragung der Geschäftsleute blieb erfolglos."

„Ist sie in einem zurückfahrenden Bus bemerkt worden?"

„Kein Busfahrer konnte sich an sie erinnern, und niemand in Güttenbach hat sie zurückkehren gesehen."

„Ist sie vielleicht nach Wien gefahren?"

„Wir wissen es nicht. Aber auch wie Betka Hanuliankova in das Maisfeld kam, bleibt ein Rätsel. Sie wurde weder bestohlen, noch handelte es sich um ein Sexualverbrechen. Ihr Mann, ein Fernfahrer, wurde verdächtigt. Zwei Wochen vor ihrem Verschwinden hatte er sie noch in Güttenbach besucht. Es gab einen Streit zwischen den Eheleuten. Er wollte nicht mehr, dass seine Frau in Güttenbach arbeitet. An dem Tag, an dem Betka Hanuliankova verschwand, fuhr ihr Mann mit einem 40-Tonner die Strecke Pressburg-Graz-Pressburg. Um 9 Uhr in der Früh ist er noch in Pressburg gesehen worden, um 14 Uhr wieder in Graz und um 18 Uhr wieder in Pressburg. Er leugnete, seine Frau an diesem Tage gesehen zu haben. Er hätte seine Frau sicherlich im Raum Oberwart treffen können, vielleicht hätte er sie auch ermorden können, aber er hätte nicht die Leiche nach Güttenbach in das Feld bringen können."

„Aber in der Nacht und an den folgenden Tagen?"

„Für die Nacht hatte er ein Alibi und an den folgenden Tagen fuhr er von Pressburg nach Moskau und zurück. Außerdem wurde er durch den zweiten Mord weiter entlastet. Aber alles schön der Reihe nach."

„Ö3-Verkehrsdienst. Niederösterreich, A2, Südautobahn. Auch die Unfallstelle bei Leobersdorf Richtung Wien ist nun geräumt. Der Stau löst sich auf.

Die Autobahn verlief leicht bergab durch eine immer sanfter werdende Hügellandschaft.

„Wenn der Mörder sie nicht im Maisfeld umgebracht hat, warum bringt er sie dann so nahe zu ihrem Aufenthaltsort zurück? Wenn er sie beim Maisfeld umgebracht hat, wie ist sie dann aus Oberwart dort hingekommen?"

Geigensauer blickte nachdenklich in die Weite der Landschaft. Bei Markt Allhau fuhren sie von der Autobahn ab. Auf schnurgerader Straße näherten sie sich den Hügeln, die sich im Osten erhoben.

„Darüber und über vieles mehr haben sich schon einige den Kopf zerbrochen. Aber deine Aufgabe ist es, sich einzuleben und die Dorfbewohner kennen zu lernen. Betka Hanuliankova hatte außerhalb des Ortes praktisch keine Bekannten. Der Mörder muss ihr in Güttenbach begegnet sein."

„Aber Güttenbacher ist er keiner."

„Natürlich nicht. Aber fangen wir nicht wieder zu streiten an. Es gibt auch Wiener, Steirer oder Mischendorfer, die in Güttenbach wohnen."

„Bestimmt, ein Wiener wird es gewesen sein."

Geigensauer nickte Drubovic herausfordernd an. Die Straße führte steil auf einen der Hügel hinauf und verlief dann in lang gezogenen Kurven durch ein Waldgebiet.

„Die zweite Tat verübte der Mörder gleich direkt im Ort", fuhr Drubovic fort, „solche Täter werden mit der Zeit immer unvorsichtiger. Das ist vielleicht die einzige Chance für die Polizei. Es geschah im Juni am Tag vor dem Kirchtag. Es war ein herrlicher Frühsommertag. Alles hatte sich am Nachmittag am Kirchenplatz versammelt. Ein Volkstanzverein aus der Slowakei war im Rahmen eines EU-Projektes zu Besuch. Sein kleines Orchester spielte auf und seine Jugend tanzte. Auch die Tamburizzagruppe von Güttenbach trat auf. Es wurde bis in die frühen Morgenstunden hinein gefeiert. In der Früh wurde die Leiche des Leiters der slowakischen Volkstanzgruppe in der Sakristei gefunden. Er war erschossen worden. Neben ihm lag ein Papier mit der Aufschrift ‚Ausländer raus'. Da sehr viele Teilnehmer des Festes erst in den frühen Morgenstunden nach Hause gingen, fand die Gastfamilie des Opfers an seinem Fernbleiben nichts Besonderes."

„Wann wurde er ermordet?"

„Der Arzt nimmt an, dass die Tat zwischen ein und zwei Uhr in der Nacht verübt wurde."

„Hat niemand den Schuss gehört?"

„Die Musik hat so laut gespielt, dass man sie im ganzen Ort hören konnte. Vor der Kirche war die Bühne mit der Tanzfläche. Da konnte niemand einen Schuss hören."

Sie hatten einen Kreisverkehr erreicht und bogen Richtung Oberwart ab. Schon bald eröffnete sich ihnen ein weiter Blick auf die Berge des mittleren Burgenlandes.

„Kommt der Leiter dieser Volksmusikgruppe aus demselben Ort wie Betka Hanuliankova?", fragte Geigensauer.

„Diesem Zusammenhang ist die Polizei natürlich nachgegangen. Die beiden Orte sind etwa 30 Kilometer voneinander entfernt. Die Ermordeten kannten einander vermutlich nicht."

„Stammen die Kugeln, mit denen die beiden getötet wurden, aus der gleichen Waffe?"

„Ja."

„Dann ist der Mann von Betka wohl kaum ihr Mörder."

„Sicher nicht, denn er war an diesem Tag nicht in Güttenbach."

„Trotzdem ist es eigenartig, dass beide Opfer aus der gleichen Gegend stammen", fuhr Geigensauer fort.

„Ich finde es mindestens so bemerkenswert, dass beide Opfer Ausländer sind. Der Täter könnte aus rechtsradikalen Kreisen stammen."

„Vielleicht“, antwortete Geigensauer nicht sehr überzeugt und setzte seine begonnenen Vermutungen unbeirrt fort, „könnte nicht eine slowakische Tragödie in Güttenbach ihr Ende gefunden haben?“

„Von der slowakischen Polizei konnten keine Hinweise gefunden werden, dass Hanuliankova oder der Leiter der Volksmusikgruppe in irgendein Verbrechen verwickelt waren.“

Nachdem sie Oberwart hinter sich gelassen hatten, erstreckte sich links der Straße eine Einkaufsmeile. Die Logos vieler bekannter Handelsketten leuchteten herüber.

„Vor zwanzig Jahren gab es hier nur Felder und das Lagerhaus“, meinte Drubovic nachdenklich, „es hat sich vieles sehr verändert. Wir werden alt.“

„Du wirst alt“, stellte Geigensauer richtig.

Die Straße führt über einen unbeschrankten Bahnübergang, dem Drubovic keine Beachtung schenkte.

„Fahren hier keine Züge?“, fragte Geigensauer.

„Schon, aber sehr selten.“

„Warum sollte jemand, der Ausländer hasst, gerade eine nützliche Pflegerin und den Leiter einer Volksmusikgruppe umbringen?“, fuhr Geigensauer in seinen Gedanken fort.

„Das weiß ich nicht! Aber ich denke, der Mörder ist entweder verrückt, oder es gibt zwischen den beiden Opfern noch andere Gemeinsamkeiten als ihre Abstammung aus der gleichen Region der Slowakei. Vielleicht bist du erfolgreicher als die Sonderkommission. Vielleicht bist du wie Miss Marple und entdeckst, dass der Leiter der Volksmusikgruppe den Mord an Betka gesehen hat, den Mörder erpresst hat und deshalb sterben musste.“

„Ganz ehrlich, glaubst du, dass es sinnvoll ist, dass mich der Chef nach Güttenbach verpflanzt?“, fragte Geigensauer plötzlich scharf.

„Nein, aber es kann nichts passieren. Keiner weiß von deinem Auftrag. Wenn du nichts erreichst, wird es auch keiner wissen.“

Sie bogen von der Bundesstraße nach Großpetersdorf ab. Links beherrschte eine hässliche, grüne Industriehalle den Horizont. Im Ort gab es ein paar Geschäfte, eine mächtige Kirche und den hohen, grünen Turm des Lagerhauses. Wieder überquerten sie die Bahn, fuhren entlang des Friedhofes und schon hatten sie den Ort hinter sich gelassen. Zur Linken eine Hügelkette und zur Rechten eine Ebene, durch die die Pinka floss, erreichten sie Kleinpetersdorf. Es gab keine Abzweigungen oder Kreuzungen. Der Ort bestand aus den beiden Häuserreihen links und rechts der Straße. Nur eine kleine Kirche unterbrach die Folge der Häuser. Ein alter Mann in einem Schlosseranzug mit Schirmkappe kehrte den Gehsteig vor seinem Haus. Nahtlos folgte der Ort Kleinzicken.

„Kleinzicken ist mir ein Begriff", sagte Geigensauer.

„Wieso?", war Drubovic ganz verwundert.

„Kleinzicken kommt oft im Wetterbericht vor, wenn es um sehr tiefe und sehr hohe Temperaturen geht."

„Mir scheint, der Job mit der Wetterwarte ist für dich wie geschaffen. Schau einmal auf die Hügel dort vorne links. Das ist der Eisenberg. Auf seiner Südseite wird ein spezieller Wein angebaut. Wenn die Nebeltage im November zu trostlos werden, solltest du dort einen Heurigen besuchen."

Sie erreichten den Ort Kotezicken. Außer einer aufgelassenen Tankstelle und einer ehemaligen Volksschule fiel Geigensauer nichts auf. Kurz hinter Kotezicken bog Drubovic rechts Richtung Mischendorf ab und gleich danach in einen kleinen Güterweg, der entlang eines Waldes steil bergan führte. Dann hörte der Wald auf. Rechts lag ein Weiler mit mehreren Häusern.

„Das ist der Meierhof", sagte Drubovic, „dort hinten kannst du das Schloss sehen."

Seine rechte Hand fuhr knapp an Geigensauers Nase vorbei. Tatsächlich konnte Geigensauer hinter den Häusern im Wald die Fassade eines Schlosses erkennen. Vor ihnen lag eine wellige Hochfläche, die sich ins Unendliche auszudehnen schien. Vielleicht ist die Erde doch eine Scheibe und dort vorne ist ihr Ende, dachte Geigensauer über sich selbst lachend.

„Gleich sind wir dort", meinte Drubovic.

Sie fuhren an einem kleinen Teich vorbei und kurz danach tauchte links am Horizont eine Häuserreihe auf, die zu einem frisch aufgeschlossenen Siedlungsgebiet gehörte. Davor wurden sie gleich nach dem zweisprachigen Ortsschild „Güttenbach Pinkovac" von einem Bauhof und einem einzeln stehenden, gelben Haus empfangen. Nach wenigen hundert Metern bog Drubovic bei einem kleinen, alten Haus in die Einfahrt ein.

„Wir sind da. Hier sind die Schlüssel des Hauses", sagte Drubovic und reichte Geigensauer einen Bund mit einigen großen, alten Schlüsseln. Geigensauer stieg aus, streckte sich und schaute sich ein wenig um. Auf einem Nachbargrundstück spielte ein Bub mit seiner Schwester Fußball, auf dem anderen lief eine Schar von Hühnern gackernd umher. Neben dem Haus ragte eine gewaltige Linde in den klaren Himmel empor. Der Garten ging leicht bergab und wurde an seinem unteren Ende von einem hohen Mischwald begrenzt. Links des Waldes konnte man auf die Kirche des Ortes hinuntersehen. Die Front des Hauses hatte zwei Fenster mit hölzernen Fensterläden, die grün gestrichen waren. Der Eingang lag seitlich in einem Laubengang mit schönen weiten Rundbögen. Als Geigensauer wieder zum Auto blickte, hatte Drubovic schon dessen Koffer ausgeladen und bemühte sich gerade das Fahrrad von Geigensauer aus dem Kofferraum zu nehmen. Geigensauer fasste mit an und sie stellten das Fahrrad neben das Haus.

„Du nimmst es mir nicht übel, wenn ich dich jetzt verlasse", meinte Drubovic und reinigte seine Hände mit einem weißen Stofftaschentuch, „ich besuche jetzt meine Verwandten. Bevor ich nach Wien fahre, komme ich noch einmal vorbei."

Ohne eine Antwort von Geigensauer abzuwarten fuhr Drubovic davon. Geigensauer spürte, wie ihn eine ungewöhnliche Ruhe erfasste. Vogelstimmen und in großer Entfernung eine Motorsäge waren alles, was es zu hören gab. Er nahm nicht sofort seine

Koffer, um sich einzurichten, wie er es vorgehabt hatte, sondern setzte sich auf die Brüstung des Laubenganges und ließ die Wärme der Abendsonne in seinen Körper dringen. Die Kinder hatten aufgehört Fußball zu spielen, standen dicht zusammen und flüsterten miteinander. Dann liefen die beiden hinter das Nachbarhaus und ließen den Fußball mitten auf der Wiese liegen. Allzu rasch verschwand die Sonne hinter dem Wald. Geigensauer stand auf und ging zu seinen Koffern, die noch in der Einfahrt standen. Eine alte Frau mit buntem Kopftuch stand auf dem Gehsteig und schaute ihn an. Er hatte sie gar nicht kommen sehen.

„Gefällt Ihnen Güttenbach?", fragte sie plötzlich und kam ein paar Schritte näher.

„Schon, ja."

Geigensauer wusste nicht so recht, was er sagen sollte.

„Sie werden sehen, Güttenbach wird Ihnen gefallen", fuhr sie fort und verschränkte ihre Hände am Rücken.

Er hob einen Koffer auf und sagte: „Ich hoffe."

„Das mit den Morden darf Sie nicht stören. Das waren keine Güttenbacher."

Er stellte den Koffer wieder ab.

„Wer war es dann?"

„Die Schwarzen, die immer die Reklame bringen."

„Ach so."

Er nahm seinen Koffer wieder auf und ging zum Eingang.

„Morgen um 9 Uhr kommt die Bäckerin, wenn sie etwas brauchen."

„Danke."

Er öffnete die Tür, trat ein und einen kurzen Augenblick lang hatte er Sorge, die alte Frau könnte ihn noch mehr fragen. Aber als er durch die Verglasung der Türe zurückblickte, sah er sie weggehen. Das Haus bestand aus dem Vorraum und vier Zimmern. Es gab eine Wohnküche und ein Badezimmer zur Laube hin sowie ein Schlafzimmer und ein Wohnzimmer zur Straße hin. Überall standen kantige, schlecht furnierte Möbel aus den siebziger Jahren.

Im Wohnzimmer stand ein kleiner Fernseher, in der Küche neben dem E-Herd auch ein mit Holz beheizbarer Herd. Ein Blick in den Küchenkasten zeigte altes Geschirr von zweifelhafter Sauberkeit. Im Badezimmer waren eine Badewanne, ein WC und ein riesiger Badeofen untergebracht. Warmwasser musste also durch Einheizen erzeugt werden. Beunruhigt blickte er sich in Wohnzimmer und Schlafzimmer um. Zum Glück waren aber Elektroradiatoren vorhanden. Das Telefon hatte schon musealen Charakter. Er begann seine Sachen im Schlafzimmer einzuräumen. Aus den Kästen kam ihm Mottenduft entgegen. Vergilbte Papiere sollten die Fächer vor Verschmutzung schützen. Trotzdem räumte er den Inhalt seiner Koffer hinein. Dann trat er wieder hinaus in den Garten und sah, dass es noch zwei weitere Räume gab, die nur über den Laubengang betreten werden konnten. In einem davon stand ein moderner PC zur Datenübermittlung an die Hohe Warte, der andere war leer. Im anschließenden Schuppen lagerte eine ausreichende Menge Holz. Die Wetterstation war unterhalb der Linde aufgebaut. Die Senderantenne war am Schuppen montiert worden. Es dämmerte bereits und die Wärme dieses Spätsommertages nahm ein rasches Ende. Gegenüber dem Haus von Geigensauer war ein unverbauter Bauplatz, der den Blick auf die Ebene frei gab, durch die er angereist war. Ein großer Vollmond berührte genau den Horizont. Er kehrte ins Haus zurück und versuchte im Wohnzimmer mit einer 40 Watt Birne gegen die einfallende Dunkelheit anzukämpfen. Er aß die beiden Wurstsemmeln auf, die er sich mitgenommen hatte. Plötzlich stand Drubovic im Zimmer.

„Damit dein Einstieg nicht zu trocken wird". Er reichte Geigensauer zwei Weinflaschen.

„Den Uhudler musst du mit Vorsicht genießen. Es geht das Gerücht, dass man sonst am nächsten Tag wie ein Uhu ausschaut."

Geigensauer öffnete den Eisenberger Rotwein.

„Darf ich dir etwas anbieten?"

„Nein, danke. Ich muss noch bis Wien und habe ohnehin schon zuviel getrunken. Brauchst du noch etwas?"

„Nein, ich glaube nicht."
„Dann wünsche ich dir viel Erfolg."
Drubovic drückte Geigensauer fest die Hand und ging. Mit einem Mal wurde sich Geigensauer seiner neuen Einsamkeit bewusst. Es war völlig still im Haus. Er schaltete den Fernseher ein und mit einem Schlag war er wieder in einer Welt voller Handytarife und billiger Obstangebote. Sofort hatte er genug davon. Eigentlich hatte er sich vorgenommen, mit dem ersten Tag seines Aufenthaltes in Güttenbach sein Leben zu verändern. Er öffnete das Fenster zur Straße und drehte das Licht ab. Er schob einen Sessel zum Fenster, setzte sich mit einem Glas Rotwein in der Hand nieder und legte die Füße auf das Fensterbrett. Nur das Zirpen einer Grille war zu hören, kein Verkehr, keine Stimmen. Die Zeit schien still zu stehen. Der Rotweingeschmack lag intensiv auf seiner Zunge. Einmal hörte er das laute Kreischen von Katzen. Die Kühle der Nacht drang erfrischend in den Raum. Große Ruhe und Gelassenheit erfüllten ihn. Das war kein Ort zum Morden. Als ihn die Kälte zum Frösteln brachte und das Glas Rotwein leer getrunken war, ging er ins Schlafzimmer und schlüpfte in seinen Schlafsack. Kurz vor dem Einschlafen hörte er in der Nähe einen Hubschrauber starten und abfliegen.

Tatsächlich kam am nächsten Morgen um 9 Uhr die Bäckerin. Sie hielt bei einem der benachbarten Häuser und kündigte ihr Kommen durch lautes Hupen an. Als Geigensauer das Auto der Bäckerin erreichte, kauften dort schon mehrere Frauen ein. Die älteren trugen Kopftücher. Sie redeten kroatisch. Er trat näher, sie sprachen einfach auf Deutsch weiter und ließen ihm den Vortritt. Die freundliche Verkäuferin fragte: „Nun, wie wird das Wetter heute?"
„Schön", erwiderte Geigensauer und deutete auf den wolkenlosen Himmel.
„Und wie wird es am Pfarrfest sein?", fragte eine der älteren Frauen.

„Wann ist denn das Pfarrfest?“
„In vierzehn Tagen.“
„Es wird sehr schön sein“, riskierte Geigensauer eine unwissenschaftliche Prognose.
„Wie gefällt es Ihnen in Güttenbach?“
„Sehr gut“, antwortete Geigensauer. Er hatte seine Lektion gelernt.
„Sie müssen kroatisch lernen!“, forderte eine der Frauen.
Ohne diese Aufforderung zu beantworten, verabschiedete sich Geigensauer. Mit großem Appetit aß er sein Frühstück. Danach entschied er, zu Mittag kein Gasthaus zu besuchen, sondern mit dem Fahrrad in den Ort hinunter zu fahren um einzukaufen. Die Straße führte überraschend steil bergab und überquerte den kleinen Güttenbach. Schon näherte er sich der Kirche, deren runder Turm ihm sofort auffiel. Nun entdeckte er auf der linken Seite ein Geschäft. Keine Leuchtreklamen verunstalteten das alte Haus. Geigensauer stellte sein Fahrrad ab und betrat den Laden. Auch hier begegnete ihm der Sprachwechsel von Kroatisch auf Deutsch. Die Einrichtung erinnerte Geigensauer an die Lebensmittelgeschäfte seiner Kindheit. Als er das Geschäft verließ, stellte er fest, dass er noch eine halbe Stunde Zeit hatte, bis Herr Dr. Ebner von der Zentralanstalt für Meteorologie und Geodynamik kommen würde, um ihn einzuschulen.
Direkt vor der Kirche lag ein kleiner, rechteckiger Platz. Hier hatte also der Kirchtag stattgefunden. Gleich neben dem Kriegerdenkmal führte eine große runde Treppe zwischen zwei Kastanienbäumen zum Eingang der Kirche empor, der von zwei kleinen runden Türmen flankiert wurde. Der Innenraum der Kirche war einfach und wurde von dem großen goldenen Altar mit den Heiligenfiguren aus Keramik beherrscht. Das runde Deckengewölbe wurde von großen, offen liegenden Holzbalken gestützt, die mit bunter Schrift versehen waren. Vorne links war wohl die Sakristei. Es war schwer vorstellbar, dass der Mörder dort die Tat verübt hatte, während wenige Meter entfernt getanzt und gesungen

wurde. Dieser Mord war nicht geplant. Der Mörder hatte keine Zeit und ging ein hohes Risiko ein entdeckt zu werden. Warum war der Leiter der Volksmusikgruppe mit seinem Mörder in die Sakristei gegangen? War er gezwungen worden oder hatte er gar nicht gewusst, in welcher Gefahr er schwebte? Vielleicht hatte der Mörder zu ihm nur gesagt: „Komm einen Sprung mit mir in die Sakristei, da können wir besser reden. Draußen ist es zu laut."

Nach der Einschulung durch Dr. Ebner beschloss Geigensauer, die nähere Umgebung zu Fuß zu erkunden. Er ging zum Ortsrand und dann durch das neue Siedlungsgebiet. Es war ein strahlender Herbsttag. Viele Spaziergänger, manche gemütlich mit Hund, andere sportlich Nordic Walking betreibend, waren auf den Wegen zwischen den Feldern zu sehen. Als er die letzten Häuser erreicht hatte, gesellte sich ein großer, herrenloser Hund zu ihm und begleitete ihn. Mitten auf der großen Ebene zwischen den vielen Feldern sah er eine kleine Kapelle. Die Wärme der Mittagssonne genießend spazierte er dorthin. Der Großteil der Felder war umgeackert und für den Winter bereit, nur der Mais war noch nicht geerntet worden. Kurze Zeit blieb er vor der Kapelle stehen, dankbar für sein glückliches Leben. Dann setzte er sich auf eine in der Nähe unter einer jungen Linde stehende Bank. Die Maispflanzen auf dem Feld dahinter standen zwei Meter hoch in den Himmel. Zwischen den Reihen könnte man sicherlich mühelos hindurchgehen. Der Boden zwischen den Pflanzen war hart und ausgetrocknet. Wenn man das Feld durchqueren würde, blieben sicher keine Spuren zurück. Warum hatte der Mörder mit seiner Leiche einen solchen Aufwand betrieben? Geigensauer konnte sich nicht vorstellen, dass der Mörder mit seinem Auto hierher gefahren war, um die Leiche zu verstecken. Wenn der Mord hier geschehen war, waren dann Mörder und Opfer zusammen zum Tatort gekommen oder hatten sie einander hier getroffen? Ein Mord in der Sakristei, einer neben der Kapelle. Der Mörder schien heilige Orte als Tatort zu bevorzugen.

In der Nähe war ein Flughafen. Die Fallschirmspringer, die von einem kleinen, roten Flugzeug hoch über Geigensauer abgesetzt worden waren, schwebten als kleine, bunte Farbflecken vom blauen Himmel herunter. Ein riesiges Himmelsgewölbe spannte sich über die Ebene, die im Osten vom nahen Eisenberg begrenzt wurde, auf dessen Gipfel deutlich die Weinkeller zu sehen waren. Im Norden bildeten der Geschriebenstein und der Wechsel den Horizont, im Westen war in großer Entfernung die Packalpe zu erkennen und im Süden bildete der Wald hinter dem Flughafen den Horizont.

Ein Flugzeug setzte zur Landung an und flog in sehr geringer Höhe über Geigensauer hinweg Richtung Landebahn. Er beschloss, dem Flughafen einen Besuch abzustatten.

Auf der rechten Seite stand ein Hubschrauber des Bundesheeres vor dem Flughafengebäude. Ihn hatte er vermutlich letzte Nacht starten gehört. Auf der linken Seite lag ein großer Hangar, in welchem sich auch das „Gasthaus zum Flughafen" befand. Unter seinem Vordach saßen zahlreiche Leute und einige Kinder spielten daneben auf der Wiese bei einer Schaukel und in einer Sandkiste. Da alle Tische besetzt waren, ging er hinein an die Schank. Der dunkle Gastraum war leer und voller Zigarettenrauch. An der Schank standen zwei Männer. Geigensauer bestellte sich einen Gespritzten.

In der Gaststube unterhielten sich zwei Männer. Der eine war etwa vierzig Jahre alt, klein und sehr dick. Er hatte eine Glatze und kleine, stechende Augen, zwischen denen eine kleine Nase lag. Der Bauch des Mannes dehnte das geblümte Hemd so weit auf, dass man zwischen den Knöpfen das Fleisch sehen konnte. Der andere Mann war sicher schon an die 65 Jahre alt, schlank und groß, mit einer stattlichen weißen Haarpracht, die alle optischen Anforderungen für einen Dirigenten des Neujahrskonzertes erfüllt hätte. Die Hakennase passte nicht zu den großen, runden, schwarzen Augen. In seinem dunkelgrauen Anzug wirkte er sehr elegant.

„Sie sind der Betreuer unserer neuen Wetterstation?“, sagte der dicke Mann und blickte fragend auf Geigensauer, der ein T-Shirt mit dem Logo der Zentralanstalt für Meteorologie und Geodynamik trug.

„So ist es!“

„Das ist Hofrat Münster, unser Wahlgüttenbacher, und ich bin Herbert Unger von der Polizei.“

„Anton Geigensauer“, schloss Geigensauer die Vorstellungsrunde ab.

„Voriges Jahr um diese Zeit hätten Sie hier sein müssen“, meinte Hofrat Münster zu Geigensauer, „im Gastzimmer waren mehr Journalisten als Güttenbacher. Die Frauenleiche bei der Kapelle war gefunden worden. Damals hatte die Polizei keine Zeit, ein Bier zu trinken.“

Hofrat Münster hatte eine eigenartige Aussprache, die an die k. u. k. Zeiten erinnerte. Vielleicht gehörte diese Aussprache wie die weiße Haarpracht und der elegante Anzug zu seinem Hofratsgehabe.

„Erinnere mich bitte nicht daran“, meinte Unger, „ ich habe jetzt noch schlaflose Nächte.“

„Weil der Mörder noch nicht gefunden wurde?“, fragte Hofrat Münster lächelnd.

„Nein, wenn ich an die Arbeit zurückdenke. Das Aufklären von Morden ist sonst nicht meine Aufgabe“, und zu Geigensauer gewandt fuhr er fort, “Hofrat Münster ist einer unserer eifrigsten Hobbypiloten. Am Samstag ist ihm immer zuviel Flugbetrieb. Während der Woche fliegt er, so oft er kann“

Unger trank sein Bier aus und verabschiedete sich.

Hofrat Münster bot Geigensauer sein Glas zum Anstoßen an.

„Ja, das Fliegen ist eine meiner großen Leidenschaften. Prost.“

Dabei bemerkte Geigensauer, dass den schwarzen Augen von Hofrat Münster jeder Glanz fehlte. Sie waren matt wie ein Ofenrohr.

„Prost. Haben Sie eine eigene Maschine?"

„Nein, nein. Das wäre mir zur teuer. Ich leihe mir immer ein Flugzeug aus. Gefällt es Ihnen in Güttenbach?"

Als Geigensauer nicht sofort antwortete, setzte Hofrat Münster fort: „Güttenbach ist ein wirklich reizender kleiner Ort mit sehr freundlichen Bewohnern. Ich bin Wiener und habe fünfunddreißig Jahre lang in Wien gearbeitet. Schon in meiner aktiven Zeit im Bundeskanzleramt habe ich immer davon geträumt, meine Pension in einem Dorf zu verbringen. Sie werden sehen, Güttenbach wird Ihnen gefallen. Sie sind doch auch aus Wien?"

„Ja. Ich bin Wiener."

„Ich habe im 19. Bezirk eine Villa in der Himmelgasse. Ich bin aber höchstens noch einmal im Jahr dort, um nach dem Rechten zu sehen. Sie kennen den 19. Bezirk sicherlich sehr gut."

„Nein, nicht besonders. Ich wohne im 13. Bezirk. Aber der 19. Bezirk ist eine sehr schöne Wohngegend."

„Für Wien vielleicht. Güttenbach ist mir lieber. Gefällt Ihnen Güttenbach?"

„Warum nicht? Ich bin zufrieden."

„Welche Schule haben Sie in Wien besucht?"

Geigensauer hasste neugierige Leute, aber schließlich hatte er eine Aufgabe zu erfüllen und so antwortete er so freundlich, wie er konnte:

„Das Gymnasium in der Fichtnergasse. Welche Aufgaben hatten Sie im Ministerium?", versuchte Geigensauer den Spieß umzudrehen.

„Ich war für Staatsbesuche zuständig. Zeitliche Abwicklung, Programm und die Sicherheit der Gäste waren mein Aufgabengebiet. Die Sicherheit am Opernball war eine meiner unangenehmsten Arbeiten. Trotzdem war es eine schöne Zeit. Nebenbei habe ich kroatisch und ungarisch gelernt. Außerdem habe ich viele Reisen in den pannonischen Raum unternommen, nach Kroatien, Ungarn und die Slowakei. Und Ihre Leidenschaft ist das Wetter?"

„Ja. Ich liebe das Wetter, vor allem Schneefall und Gewitter."

„Wenn Sie länger hier bleiben, müssen Sie kroatisch lernen. Nur so können Sie die Menschen in Güttenbach näher kennen lernen."

„Vielleicht sollte ich es lernen", zeigte sich Geigensauer wenig begeistert.

„Wenn Sie Unterlagen über Pannonien benötigen, probieren Sie es ruhig im ‚Pannonischen Institut'."

„Ich kann einmal dort vorbeischauen!"

„Tun Sie das! Das ‚Pannonische Institut' in Güttenbach mit seinen Unterlagen und Büchern ermöglicht mir auch jetzt noch, wo ich für weite Reisen zu alt bin, meine Forschungen über Pannonien voranzutreiben."

„Ich gratuliere. Sicher ein interessantes Forschungsgebiet", setzte Geigensauer lächelnd fort.

„Wird Ihre Familie auch hier wohnen?", fragte Hofrat Münster freundlich.

„Nein, ich habe keine Familie", antwortete Geigensauer scharf und unwillig.

„Verzeihen Sie meine Neugierde und Geschwätzigkeit. Das ist eine Schwäche von mir. Übrigens, wegen der Morde brauchen Sie sich keine Gedanken zu machen. Das war sicher kein Güttenbacher. Es kann Ihnen in Güttenbach nichts passieren. Die Leute hier sperren nicht einmal ihre Haustüren ab."

„Ich habe keine Angst und Kriminalfälle interessieren mich auch im Fernsehen kaum. Wenn es kein Güttenbacher war, wer soll es dann gewesen sein?"

„Da habe ich meine eigenen Theorien", sagte Hofrat Münster mit einem geheimnisvollen Lächeln um die Lippen.

„Und die wären?", meinte Geigensauer beiläufig und trank seinen Wein aus.

„Ich glaube, es hat etwas mit dem Nachtlokal neben dem Flughafen zu tun. Schließlich arbeiten dort Mädchen aus dem Osten und oft werden sie zur Prostitution gezwungen. Vielleicht wollte ihnen die slowakische Pflegerin helfen."

„Und der Leiter der Volksmusikgruppe?“

„Im Gepäckraum des Busses könnten nicht nur Instrumente gewesen sein. Vielleicht war Nachschub für das Rotlichtlokal dabei.“

„Was sagt die Polizei zu Ihrem Verdacht?“

„Gerade, dass sie mich nicht ausgelacht haben. Dennoch verfolge ich diese Spur weiter.“

„Wie Miss Marple?“

„Nur nicht so erfolgreich. Wie lange werden Sie bei uns bleiben?“

„Das weiß ich selber noch nicht.“

Geigensauer wollte nicht weiter ausgefragt werden, zahlte und brach auf. Beim Verlassen des Gasthauses sah er links im Wald einen alten Eisenbahnwaggon, bei dem einige Kinder spielten. Der Waggon musste sich schon lange dort befinden. Wie er wohl an diesem Platz gekommen war? Der Redeschwall des Hofrates hatte seine eigenen Gedanken ganz erdrückt. Während er rasch nach Güttenbach zurückging, dachte er über den neugierigen Hofrat nach. Um fünf Uhr hatte er die nächsten Messungen der Wetterdaten durchzuführen.

Als er sein Haus erreichte, spielten die Kinder am Nachbargrundstück wieder Fußball. Wie Geigensauer den Hof betrat, machte der Bub einen Ausschuss. Der Ball sprang auf einen Holzstoß und hüpfte über den Zaun. Das Mädchen wollte sofort hinüberklettern um ihn zurückzuholen. Es erblickte aber Geigensauer und blieb daher einfach stehen. Geigensauer warf den Ball zurück: “Wenn ich einmal nicht da bin, dürft ihr ruhig herüberklettern.“

Die Kinder antworteten nicht.

Am Sonntagvormittag ging Geigensauer zur Messe. Er trug einen Anzug, weißes Hemd und Krawatte. Drubovic hatte ihm diese Kostümierung für die Sonntagsmesse dringend empfohlen. Als er den Kirchenplatz erreichte, läuteten bereits die Glocken. Auf den Stiegen zum Eingang und unter dem Vordach standen einige

Männer. Alle waren in neuen, modischen Anzügen gekleidet. Geigensauer schlüpfte an ihnen vorbei in die Kirche hinein. Gleich hinter dem Eingang standen die Leute dicht gedrängt nebeneinander. Geigensauer blieb mitten unter ihnen stehen. Auf der linken Seite sah er nur Frauen sitzen, rechts saßen bis auf einige alte Männer auch nur Frauen. Die Männer mussten also oben auf der Empore sein. Ganz vorne gab es noch freie Plätze. Sofort erkannte er unter den Ministranten den Bub und das Mädchen aus der Nachbarschaft. Geigensauer verstand nicht viele Worte außer „Amen". Nur eine Lesung aus dem Alten Testament, drei Fürbitten und einen Teil der Predigt gab es in deutscher Sprache. Alle Lieder wurden kroatisch gesungen. Der Gesang war laut und voller Inbrunst, nicht so ein Trauergesang wie oft in Wien. Mit „Idite u miru" wurden sie in den Sonntag entlassen. Hoffentlich hielt sich der Mörder daran, falls er anwesend war.

Kaum war Geigensauer aus dem Gotteshaus getreten, eilte ihm am Kirchenplatz auch schon Hofrat Münster entgegen.

„Einen schönen Sonntag. Haben Sie sich schon eingelebt?"

„Danke, recht gut", antwortete Geigensauer im Vorbeigehen und folgte dem Strom der Männer ins Wirtshaus. Diesmal hatten alle einen Freund zum Plaudern, und Geigensauer blieb mit seinem Gespritzten alleine.

Am Nachmittag setzte sich Geigensauer in die Laube neben der Linde und genoss den Sonnenschein. Auf einmal hörte er aufgeregte Stimmen von der Straße her.

„Du musst vorne anheben."

„Das mache ich ja."

„Aber nicht richtig. Du musst den Rollstuhl kippen."

„Bitte, jetzt ist er gekippt - und?"

„Jetzt musst du Schwung nehmen."

„Kann ich nicht."

„Wir hätten nicht alleine ausfahren sollen."

Geigensauer ging zur Straße hin. Ein alter Mann stand neben einer Frau im Rollstuhl. Wahrscheinlich waren es Erich Drubovic und seine Frau Gerda, deren Pflegerin ermordet worden war. Der Rollstuhl stand schief. Ein Rad befand sich am Gehsteig, eines in der Senke über einem Kanaldeckel. Geigensauer half, den Rollstuhl auf den Gehsteig zu heben. Dem alten Mann standen vor Anstrengung die Schweißperlen auf der Stirne des knallrot angelaufenen Gesichts. Sein gutmütiger Gesichtsausdruck stand im starken Gegensatz zu dem scharfen Vogelgesicht der Behinderten.

„Wollen Sie sich zur Erholung nicht einen Sprung in die Laube setzen?", schlug Geigensauer vor.

„Nicht notwendig, danke für die Hilfe", sagte die Frau und einen Augenblick schien es so, als wollte sich der Mann anschließen, aber dann meinte er: „Doch, bitte. Ich glaube, ich habe mich beinahe überanstrengt."

Geigensauer schob den Rollstuhl zur Laube und der Mann setzte sich neben seiner Frau nieder.

„Was darf ich Ihnen zum Trinken bringen?"

„Gar nichts. Nur keine Umstände", sagte die Frau.

Geigensauer brachte trotzdem Mineralwasser und der Mann trank, während die Frau das volle Glas unberührt stehen ließ.

„Wie ich noch jung war, habe ich meine Frau leicht schieben können. Aber jetzt bin ich schon ziemlich schwach."

Seine Hand zitterte, als er wieder das Glas ergriff.

„Wir waren fast den ganzen Sommer wegen der großen Hitze nicht spazieren. Aber heute, an diesem schönen Sonntag, wollte ich Gerda unbedingt ausführen. Scheinbar bin ich in den letzten Monaten wieder schwächer geworden", fuhr er betroffen fort.

„Es ist nicht selbstverständlich, dass Sie in Ihrem Alter den Rollstuhl noch schieben können", setzte Geigensauer das Gespräch trotz der schweigsamen Frau fort.

„Bis vor einem Jahr hatten wir eine sehr nette slowakische Pflegerin. Sie wissen, was ihr zugestoßen ist."

„Ja. Ich habe davon gehört."

„Wir haben uns keine weitere Pflegerin genommen. Irgendwie fühlen wir uns schuldig. So seltsam das klingen mag. Betka hat ihre

Familie für Monate verlassen, um uns zu pflegen. Natürlich hat sie für slowakische Verhältnisse gut verdient. Sie war wie ein Mitglied unserer Familie. Wir haben sie sehr gerne gehabt."

„Das kann ich gut verstehen."

„Und dann fährt sie einkaufen und wird ermordet. Wir können das noch immer nicht begreifen."

„Haben Sie keinen Verdacht?"

„Ach, wie oft hat uns das die Polizei gefragt. Betka war im Ort sehr beliebt. Darüber hinaus hatte sie keine Kontakte. Tagelang haben wir nachgedacht. Wir haben keine Anhaltspunkte gefunden."

„Du nicht", brach die Frau ihr Schweigen.

„Er hat ein Alibi, wie oft soll ich dir das noch sagen?"

„Ach, die slowakische Polizei", meinte die Frau mit einer abwertenden Bewegung, „du kannst dich genauso gut daran erinnern wie ich. Zwei Wochen vor ihrem Verschwinden kam ihr Mann plötzlich überraschend zu Besuch. Ich werde nicht vergessen, wie er auf Betka einschrie. Ich kann nicht slowakisch. Aber das Wichtigste habe ich verstanden. Er wollte, dass sie nach Hause zurückkehrt. Das Geld war ihm egal. Er wollte seine Frau zurückhaben."

„Doch, ich kann mich sehr gut erinnern. Deshalb bringt man doch seine Frau nicht um."

„Die Polizei kann glauben, was sie will", fuhr die Frau fort.

„Für mich ist der Mann von Betka der Mörder. Komm Erich, es ist schon spät", drängte sie ihren Mann zum Aufbruch.

„Vielen herzlichen Dank", sagte der alte Mann sichtlich wieder erholt. Geigensauer schob den Rollstuhl zurück auf den Gehsteig.

Als Geigensauer eine Woche später am Montag seinen Bericht für Drubovic und den Chef schrieb, stellte er fest, dass er nur zwei Dinge über die Morde erfahren hatte: die Vermutungen von Hofrat Münster und den von der Polizei widerlegten Verdacht der gelähmten Frau Drubovic. Geigensauer hatte eine ruhige Woche verbracht. Das Wetter war stabil geblieben, und seine Beobachtungen bedurften keines großartigen Aufwandes. Er hatte einige Spaziergänge durch den weitläufigen Ort unternommen und war auch bei seiner Doktorarbeit ein gutes Stück vorangekommen. Einige der Nachbarn hatte er kennen gelernt. Ehemalige Bauarbeiter in Pension, Nebenerwerbsbauern, Wochenpendler, die in Wien arbeiteten, Angestellte in Lebensmittelketten und Fabriksarbeiterinnen. Sie alle waren freundliche Menschen. Die Namen der Nachbarskinder kannte er nun auch. Valentin und Julia hießen die beiden. Gerade als er das E-Mail mit dem kurzen Bericht abgeschickt hatte, klopfte es an die Tür und ohne Verzögerung wurde sie geöffnet.

„Darf ich Sie stören?“, fragte der Mann, dessen massiver Körperbau die Tür fast ausfüllte. Der Ton seiner Stimme schien kein Nein zu erwarten. Geigensauer erhob sich.

„Bitte, womit kann ich dienen?“

„Ich habe mir gedacht, bevor ich bei einem Kroaten anläute, komme ich doch lieber zu einem Wiener. Zwei Wiener wie wir, die es in die Fremde verschlagen hat, müssen einander helfen.“ Dabei kam er ganz nahe an Geigensauer heran und ergriff seinen Oberarm. Der Mann war stark übergewichtig, Doppelkinn und Hamsterbacken beherrschten den Gesichtsausdruck. Die wenigen grauen, fetten Haare waren in geordneten Strähnen über die rosa Kopfhaut verteilt.

„Hugo Lastenecker, Friseur aus Wien“, stellte er sich vor.

„Anton Geigensauer, aktiver Wetterfrosch aus Wien.“

„Junger Freund, ich hätte gerne, dass Sie mir die Leiter halten, während ich mir meine Satellitenschüssel montiere“, fuhr er fort.

Geigensauer entfernte die Hand von seinem Arm. Er hasste es, wenn ihn Leute anfassten, und er empfand es schon als unangenehm, wenn sie näher als einen Meter an ihn herantraten. Noch dazu roch der Mann nach Alkohol.

„Natürlich helfe ich Ihnen“, sagte Geigensauer freundlich.

„Meine Pension wollte ich immer schon am Land verbringen. Dieses kleine Haus war sehr günstig. Ich bin nicht reich. Familie habe ich keine. Das Waldviertel wäre mir lieber gewesen. Ich bin erst vor zwei Wochen hier eingezogen. Es wird wohl dauern, bis wir uns hier bei den Kroaten einleben."

Er klopfte Geigensauer beim Gehen auf die Schulter. Der Gebrauch des Wortes „wir" ermöglichte dem zu niedrigen Blutdruck von Geigensauer, normale Werte zu erreichen.

„Wenn die hier glauben, dass ich jeden Sonntag in die Messe laufe, dann irren sie sich. Als ich am Sonntagvormittag meinen Wagen gewaschen habe, ist so ein altes Mütterchen in Schwarz auf dem Weg zur Kirche vorbeigekommen und hat mir ins Gewissen geredet."

Er blieb stehen und fasste Geigensauer wieder am Arm.

„Ich solle den Tag des Herrn heiligen."

„Ich gehe auch in die Messe", sagte Geigensauer. Der Friseur ließ den Arm von Geigensauer los und blickte mit erstauntem Gesicht auf seinen Helfer.

Wenig später hatten sie das Haus erreicht, an dem eine lange Leiter lehnte.

„Sie brauchen nur aufpassen, dass sie nicht wegrutscht."

Damit packte er die am Boden liegende Satellitenschüssel und kletterte mit ihr die Leiter hinauf. Plötzlich fiel ein Schraubenschlüssel neben Geigensauer auf den Boden.

„Verdammt, jetzt hätte ich Sie bald erschlagen. Einen Augenblick noch."

Schweißtriefend kam der Friseur die Leiter herab.

„Das wäre geschafft. Kommen Sie auf ein Bier zu mir!"

„Danke, aber ich muss die Wetterwerte ablesen", log Geigensauer.

„Eine Frisur haben Sie auf jeden Fall gut bei mir", rief ihm Lastenecker nach.

Nach dem Mittagessen wanderte Geigensauer über die Felder Richtung Flughafen. Nach einiger Zeit bog er aber nach rechts ab, überquerte die Straße und ging den Waldrand entlang. Unvermutet kam ihm an einer Wegbiegung eine Frau entgegen. Sie war stark in Rot und Schwarz geschminkt und das blond gefärbte Haar war schlampig hochgesteckt. Erschrocken drehte sie sich um und wollte weglaufen. Doch auf dem holprigen Feldweg stolperte sie wegen ihrer hohen Stöckelschuhe und wäre fast hingefallen. Hastig zog sie die Schuhe aus.

„Grüß Gott. Brauchen Sie Hilfe?"

„Ich dich nicht brauchen", fuhr sie ihn in gebrochenem Deutsch an, „du verschwinden und Chef nix sagen, dass Kristina spazieren."

Dabei hielt sie die beiden Schuhe wie zwei Waffen in der Hand.

„Welchem Chef?"

„Lady Ranch", antwortete sie und deutete Richtung Flughafen. Einen Augenblick schwieg sie und ihre grünen Augen blickten an Geigensauer vorbei in die Ferne.

„Verschwinde! Hau ab!", rief sie dann plötzlich und deutete an, einen Schuh auf Geigensauer zu werfen. Geigensauer drehte sich um und ging. Wenig später war die Frau verschwunden. Hofrat Münsters Überlegungen bezüglich der Morde kamen Geigensauer in den Sinn. Doch diese Frau nützte offensichtlich nur die Abwesenheit des Chefs, um ein wenig Luft und Sonne zu genießen. Geigensauer ging zurück zum Ort. Im Vorgarten des zweiten Hauses arbeitete eine Frau gebückt in ihren Blumenbeeten. Als er näher kam, richtete sie sich trotz ihrer Leibesfülle rasch auf und fragte:

„Gefällt Ihnen Güttenbach?"

„Danke. Sehr gut", antwortete Geigensauer ohne Zögern. Er hatte sich doch schon etwas eingelebt.

„Sie müssen unbedingt am Sonntag zu unserem Pfarrfest kommen. Sie können gleich nach der Messe am Kirchenplatz bleiben. Es gibt Essen, zum Trinken, Mehlspeisen und Musik. Wir sind schon mitten in den Vorbereitungen. In Güttenbach gibt es viele Veranstaltungen. Unsere Vereine sind sehr aktiv."

„Ich werde gerne kommen!"

„Die slowakische Volkstanzgruppe wird heuer auch wieder auftreten. Sie wissen von dem Mord?"

„Natürlich."

„Wir haben sie trotzdem wieder eingeladen. Sie kommen gerne. Der Euro ist bei ihnen viel mehr wert als bei uns. Hoffentlich wird das Wetter schön sein."

„Die Prognosen stehen sehr gut."

„Die Lady Ranch dort draußen ist eine Schande. Aber scheinbar gibt es genug Männer, die dort hingehen."

Sie deutete genau in die Richtung, aus der Geigensauer gekommen war, und beobachtete ihn scharf.

„Zu Mittag ist auf der Lady Ranch aber wenig Betrieb. Mir ist gerade eine der Damen begegnet", versuchte es Geigensauer mit der Wahrheit.

„Mit diesem Gesindel kommen die Verbrecher und die Morde. Es ist schlimmer als früher mit den Zigeunern."

„Glauben Sie, dass Betka Hanuliankova oder der Leiter der Musikgruppe etwas mit der Lady Ranch zu tun hatten?"

„Nein. Er wurde sicher von einem seiner Musiker ermordet. Da waren ein paar Zigeuner dabei."

„Und Betka Hanuliankova?"

„Alle im Ort hatten sie gerne. Wer weiß, wem sie zufällig in Oberwart in die Hände gelaufen ist."

Geigensauer ging weiter. Er wollte wieder mit seinen Gedanken allein sein.

Geigensauer trat vor sein Haus in die strahlende Sonne hinaus. Er hörte die Klänge einer Polka, die die Blasmusikkapelle am Kirchenplatz spielte. Beschwingt marschierte er über die Wiesen hinunter zum Bach. Es war Markttag und entlang der Hauptstraße waren die Standeln der Händler aufgestellt. Für die Kinder gab es eine Hüpfburg und eine Schaukel. Am ganzen Kirchenplatz standen Heurigentische und Bänke, vor dem Aufgang zur Kirche war eine Bühne aufgebaut, auf der die Blasmusikkapelle spielte. Auf den ersten Blick schienen alle Tische besetzt zu sein, aber dann fand Geigensauer doch noch einen unbesetzten. Er setzte sich und aß ein Paar Würsteln mit Senf und Kren. Dabei beobachtete er das bunte Treiben. Die Blasmusik beendete ihr Konzert und aus den großen Lautsprechern erklangen kroatische Schlager. Hofrat Münster betrat von den Marktstandeln kommend den Kirchenplatz. Kaum hatte er Geigensauer gesehen, kam er auch schon zu seinem Tisch.

„Darf ich mich zu Ihnen setzen?", fragte er freundlich.

„Natürlich."

„So ein Pfarrfest in Güttenbach ist schon etwas Besonderes. Essen und Singen im Freien hat einen südländischen Einschlag. Sehen Sie, dort drüben am Tisch beim Kriegerdenkmal sitzen die Honoratioren des Dorfes."

Er blickte auf Geigensauer, ob dieser auch seinen Ausführungen folgte.

„Einer muss Ihnen doch die wichtigen Persönlichkeiten des Ortes vorstellen."

„Natürlich."

„Was machen Sie eigentlich beruflich?"

„Wie meinen Sie das?"

„Die Wettermessungen füllen doch den Tag nicht aus oder?"

Neugierde ist eine Krankheit, dachte Geigensauer.

„Ach so. Ja. Ich arbeite an meiner Dissertation über die österreichische Schulpolitik. Die Wetterbeobachtungen sichern mir nur ein kleines Einkommen."

„Darf man das Thema wissen?"

„Die österreichische Schulpolitik von 1980 bis 2000", sagte Geigensauer leicht unwillig.

„Ein sehr interessantes Thema. Wir haben also einen zukünftigen Doktor unter uns."

„Vielleicht."
„Waren Sie schon im ‚Pannonischen Institut'?"
„Nein."
Zum Glück brachte einer der freiwilligen Kellner für Hofrat Münster ein riesiges Wienerschnitzel mit Pommes frites und ein großes Bier. Für die nächsten Minuten war mit keinen weiteren Fragen zu rechnen. Geigensauer sah, wie ein Mann zum Bürgermeister trat und heftig mit ihm gestikulierte. Daraufhin schritt der Bürgermeister zum Mikrophon.

„Werte Gäste und Mitbürger. Leider verspätet sich der Auftritt der slowakischen Gruppe etwas. Der Bus hatte an der Grenze bei Schachendorf eine kleine Panne gehabt", schallte es laut über den Platz.

Das bunte Treiben am Kirchenplatz und bei den Standeln hätte für Pieter Brueghel ein tolles Motiv abgegeben. Plötzlich sah Geigensauer den Wiener Friseur auf sich zukommen. In der einen Hand trug er zwei Stück Torte und in der anderen einen Kaffee.

„Ist hier noch Platz für mich?", fragte er Geigensauer und stellte, ohne eine Antwort abzuwarten, Kuchen und Kaffee neben Geigensauer auf den Tisch.

„Natürlich. Bitte! Darf ich vorstellen. Hugo Lastenecker, Friseur; Hofrat Münster."

Lastenecker schien einen Augenblick lang nicht gerade begeistert zu sein, neben einem Hofrat zu sitzen. Dann schaufelte er zufrieden eine Torte in sich hinein. Als die erste verschwunden war, sagte er: „Ich habe zwei Stück genommen und auf 4 Euro aufgerundet. Als Einstand, verstehen Sie. Ich muss mich doch ein bisschen beliebt machen bei den Leuten."

Weder Geigensauer noch der essende Hofrat Münster gaben eine Antwort und so wandte Lastenecker sich dem zweiten Stück Torte zu. Geigensauer konnte wieder ungestört die Leute beobachten.

„Zwei Kleber habe ich genommen", sagte Lastenecker, den letzten Bissen noch im Mund, und deutete stolz auf sein Hemd, auf dem zwei Klebeetiketten mit der Aufschrift Pfarrfest zu sehen waren.

„Die Leute sollen wissen, dass ich jetzt zu ihnen gehöre."

„Hofrat Münster ist auch aus Wien", meinte Geigensauer, um die beiden in ein Gespräch zu verwickeln, „er kann Ihnen sicherlich sagen, wie man sich hier beliebt macht."

„In welchem Bezirk waren Sie denn zu Hause?", fragte Lastenecker.

„Im 19. Bezirk", antwortete Hofrat Münster sehr kurz.

„Sehr nobel, sehr nobel."

Lastenecker nahm seine Pfeife, setzte sie in Brand und große, blaue Schwaden zogen über Hofrat Münster hinweg.

„Wenn Sie sich hier beliebt machen wollen, dann müssen Sie kroatisch lernen".

Hofrat Münster versuchte den Rauch mit der Hand zu vertreiben und fuhr fort:

„Die Burgenländer können die Wiener nicht sehr gut leiden."

„Wegen der Burgenländerwitze", lachte Lastenecker, „aber die sind doch alle wahr."

Geigensauer hatte auf die Würsteln mit Kren Durst bekommen und, da er nicht auf einen der freiwilligen Kellner warten wollte, ging er zur Schank. Auch dort musste er sich anstellen und warten. Dabei blickte er zu Lastenecker und Münster zurück. Die beiden führten ein angeregtes Gespräch miteinander. Aus der Entfernung entstand der Eindruck, dass Lastenecker mit seiner Pfeife gegen Hofrat Münster kämpfte, der sich mit der Gabel zu wehren schien, so heftig ruderten ihre Arme umher. Dabei vergaß der eine zu essen und der andere zu rauchen. Die Vorurteile der Burgenländer gegenüber den Wienern und die unangenehme Angewohnheit der Wiener, sich überall wie zu Hause zu fühlen, gaben offenbar genug Gesprächsstoff. Langsam kehrte Geigensauer zurück. Hofrat Münster stand auf und verabschiedete sich. Vielleicht war ihm der Rauch oder Lastenecker zu viel. Auf jeden Fall blieben Geigensauer weitere Fragen erspart.

„Dem bin ich wohl nicht fein genug, dem Herrn Hofrat", schmunzelte Lastenecker, „nicht einmal sein Schnitzel hat er ganz aufgegessen."

Die slowakische Gruppe war angekommen und begann, sich auf der Bühne einzurichten. Lastenecker drehte Geigensauer den Rücken zu, um besser sehen zu können. Als die Gruppe zu spielen begann, sah Geigensauer, wie Erich Drubovic seine Frau Gerda im Rollstuhl auf den Kirchenplatz schob. An einem freien Platz blieben sie stehen und lauschten der Musik. Geigensauer ging zu den beiden und lud sie ein, sich zu ihm zu setzen. Auf der Bühne erschienen die Tänzer in ihren bunten Trachten und ihre schwarzen Stiefel klopften temperamentvoll auf die Bretter. Eine ältere Frau setzte sich neben die Rollstuhlfahrerin und redete heftig auf sie ein. Während eine Pause die Vorstellung unterbrach, wandte sich der alte Mann an Geigensauer.

„Stellen Sie sich vor, der Bus hat gar keine Panne gehabt. Sie haben an der Grenze den Fahrer verhaftet. Er wollte im Kofferraum zwischen den Musikinstrumenten drei Flüchtlinge aus Afghanistan über die Grenze schmuggeln."

Geigensauer blickte über den Kirchenplatz und er wurde das Gefühl nicht los, dass überall über diese Sensation gesprochen wurde.

„Die Grenzen gehören wieder dicht gemacht", schlug Lastenecker vor, „der Eiserne Vorhang muss wieder her."

Während Lastenecker über die seiner Meinung nach bestehende Ausländerplage in Wien erzählte, entfernten sich die Gedanken von Geigensauer immer weiter. Er dachte an das vorjährige Pfarrfest zurück. Vielleicht war der Bus damals an der Grenze nicht so erfolgreich kontrolliert worden und Afghanen waren damals bis Güttenbach gekommen. Geigensauer stellte sich vor, wie der Leiter der Gruppe unglücklicherweise die Afghanen überraschte, wie sie aus ihrem Versteck kletterten. Wahrscheinlich drohte er dann dem Busfahrer mit der Anzeige und daher musste er sterben. Wenn der Busfahrer den Leiter der Musikgruppe wirklich getötet hatte, warum hatte er dann die Nachricht mit der Aufschrift „Ausländer raus“ hinterlassen. Betka war mit der gleichen Waffe umgebracht worden. Warum sollte der Busfahrer Betka Hanuliankova getötet haben? Es sprach viel mehr für den Busfahrer als gegen ihn. Trotzdem sollte der verhaftete Busfahrer unbedingt näher befragt werden. Geigensauer verabschiedete sich. Er musste unverzüglich eine Meldung an Drubovic senden.

Zu Hause setzte sich Geigensauer an den Computer und schickte ein E-Mail an Drubovic. Danach verspürte er keine Lust mehr, wieder zum Fest zurückzukehren. Er setzte sich in den Garten. Die Musik war deutlich zu vernehmen. Ein karminroter Himmel folgte dem Sonnenuntergang. Auch die Nachbarskinder waren vom Fest schon nach Hause gekommen und spielten mit ihrem Vater Fußball. Dieser kommentierte das Spiel wie ein Sportreporter. Da interessierten Geigensauer weder die Morde noch seine Doktorarbeit. Er ging einfach zum Zaun und fragte, ob er mitspielen dürfe. Sie spielten, bis es finster wurde, Geigensauer mit Valentin und der Vater mit Julia.

Nachdem Geigensauer sich geduscht hatte, fühlte er sich wie neugeboren. In der Mailbox war bereits eine Antwort von Drubovic. Ein Mann des Innenministeriums war schon unterwegs nach Schachendorf, um den Busfahrer zu verhören.

Die ersten Tage der Woche nach dem Pfarrfest vergingen ruhig und eintönig. Der Busfahrer blieb dabei, dass er mit dem Tod des Leiters der Volksmusikgruppe nichts zu tun hatte. In der Nacht zum Mittwoch wurde Geigensauer durch lautes Schreien aus seinem seichten Schlaf gerissen. Noch völlig erschlagen wankte er zum Fenster. In der Nähe feierten einige Jugendliche eine Party. Sie hatten ein Zelt aufgestellt und ein Lagerfeuer angezündet. Erst jetzt war er soweit wach, dass er die gebrüllte Worte verstand.

„Hört sofort mit dem Lärm auf!“, schrie jemand mit sich überschlagender Stimme. Geigensauer dachte sofort an den Friseur.

„Reg dich nicht auf, sonst bekommst du noch einen Schlaganfall!“, rief jemand lachend zurück.

„Du Hurensohn. Ich werde die Polizei rufen und euch alle anzeigen!“, fuhr der Friseur fort.

„Bitte, mein Vater ist bei der Polizei. Er beschäftigt sich gerne mit Ehrenbeleidigungen.“

„Eure Frechheiten werden euch noch vergehen. Das lasse ich mir nicht gefallen. Ich hatte heute meinen 60. Geburtstag und ich möchte in Ruhe schlafen.“

„Komm zu uns und feiere mit!“

„Ihr sollt auf der Stelle die Musik abschalten. Es ist drei Uhr in der Nacht. Es ist genug.“

„Lass den Alten toben. Wir wollen lieber feiern. Dreh einfach die Musik lauter.“

Tatsächlich wurde die Musik so laut, dass Geigensauer kein weiteres Wort mehr verstehen konnte. Er schloss das Fenster und ging wieder zu Bett. Es dauerte lange, bis er einschlief. Irgendwann in den frühen Morgenstunden hörte die Musik auf und Geigensauer fiel für ein paar Stunden in einen tiefen Schlaf.

Als er aufwachte, war es schon gegen neun Uhr am Vormittag. Er hatte die Erhebung der Wetterdaten verschlafen. Das Hupen der Bäckerin ertönte aus unmittelbarer Nähe. Rasch zog sich Geigensauer an und eilte hinaus.

Das Lagerfeuer der Jugendlichen qualmte noch leicht. Kein Mensch war mehr zu sehen. Eine Menge Bierflaschen, Kunststoffbecher und Pappteller lagen verstreut um das Zelt. Einige bunte Luftballons bewegten sich langsam im schwachen Morgenwind über die Wiese. Ein Pullover hing an einem Busch am Wiesenrand. Die Vorderseite des Zeltes war aufgeschlagen und man sah auf die Heurigentische und Bänke im Inneren.

Vor dem Haus des Friseurs stand eine kleine Gruppe von Frauen und deutete auf das Haus von Lastenecker. Als Geigensauer näher kam, sah er den Grund dafür. Der Zaun von Lastenecker war mit einer Kette von Luftballons geschmückt und ein Schild mit der

Zahl 60 hing am Gartentor. Vor dem Eingang lag eine angezogene Puppe in einem Liegestuhl. Sie hatte ein Schild um den Hals mit der Aufschrift „Ein echter Wiener geht nicht unter". Lastenecker stand nicht bei den Frauen. Vielleicht hatte er jetzt doch noch seinen verdienten Geburtstagsschlaf gefunden.

„Die Musik ist sehr laut gewesen", sagte eine der Nachbarinnen.

„Mich hat sie auch aufgeweckt", sagte eine andere, „aber schließlich ist man nur einmal jung und sie feiern ja nicht jede Nacht."

„Haben Sie Lastenecker schreien gehört?", wandte sich eine der Frauen an Geigensauer.

„Ja. Er war sehr aufgeregt."

„Diese Wiener sind schon eigenartig. Er wollte die Polizei holen."

„Ich finde es nett, dass ihm die Jugendlichen zum Geburtstag seinen Garten geschmückt haben. Eine nette Geste, eine Art Entschuldigung", sagte eine andere und deutete auf die Luftballons.

„Ob er die Aufschrift ‚Ein echter Wiener geht nicht unter' als Entschuldigung ansieht, halte ich für zweifelhaft", meinte Geigensauer und deutete auf das Schild.

„Hoffentlich ist er nicht so empfindlich. Soll ich anläuten? Normalerweise hat er jeden Tag sein Brot gekauft", fragte die Bäckerin unsicher die Umstehenden.

„Lassen wir ihn schlafen", entschied Geigensauer. Er wollte nicht, dass die Frauen durch einen grantigen Wiener in ihren Vorurteilen bestärkt würden.

Die Bäckerin fuhr zu ihrer nächsten Station und die kleine Gruppe löste sich langsam auf. Von seinem Haus aus betrachtete Geigensauer die Puppe. Die Körperformen der Puppe waren denen von Lastenecker täuschend ähnlich. Für den Kopf hatten die Jugendlichen offensichtlich einen Strumpf ausgestopft. Die Hände wurden von Fäustlingen gebildet. Die Puppe war auch ähnlich wie Lastenecker angezogen. Ein kariertes Hemd, Jeans, ausgelatschte Turnschuhe und eine alte Schirmkappe schmückten sie. Geigensauer war überzeugt, dass Lastenecker diesen Geburtstagsschmuck wohl kaum als

Entschuldigung werten würde. Den ganzen Tag über rechnete Geigensauer damit, dass Lastenecker zu ihm kommen würde, um ihm sein Leid zu klagen. Er kam nicht, und Geigensauer sah ihn auch nicht, so oft er auch zu seinem Haus hinüberblickte. Es schien, als wäre Lastenecker gar nicht zu Hause.

Am Freitag in der Früh sprachen alle über Lastenecker, während sie bei der Bäckerin einkauften. Denn er war auch diesmal nicht zum Einkaufen gekommen.

„Vielleicht hat er schon genug von uns und ist wieder nach Wien zurückgekehrt", vermutete Frau Tertic, eine resolute Nachbarin, die als Krankenschwester arbeitete.

„Möglich, dass er seinen Geburtstag bei seinen Verwandten gefeiert hat und gar nicht hier ist", sagte Erich Drubovic.

Frau Dirbovic, eine von Geigensauers Nachbarinnen, ergänzte: „Gestern war ein junger Mann bei ihm zu Besuch. Ich habe gesehen, wie er mit dem Mittagsbus gekommen ist, vielleicht sein Sohn."

„Für heute hat er aber ein Bauernbrot bestellt", sagte die Bäckerin, „ich werde anläuten. Wenn er nicht öffnet, hänge ich es ihm an die Tür."

Sie ging die wenigen Schritte durch den Garten an der Puppe vorbei zum Eingang des Hauses und läutete unverschämt heftig. Es rührte sich nichts im Haus. Sie zuckte mit den Schultern und befestigte den Nylonsack mit dem Brot an der Klinke der Tür. Als sie auf dem Rückweg bei der Puppe vorbeiging, schritt sie kurz entschlossen zur Puppe hin und sagte: "Guten Morgen, Herr Lastenecker, Ihr Brot hängt an der Tür."

Dann griff sie nach der rechten Hand der Puppe um sie zu schütteln. Die versammelten Nachbarn gaben ein dankbares Publikum ab. Plötzlich hatte sie einen Fäustling in der Hand. Sie blieb für Sekunden in der leicht vorgestreckten Haltung stehen, griff dann noch einmal nach der Hand der Puppe, drehte sich um und schrie: „Das ist keine Puppe, das ist ein Mensch."

Dann lief sie zum Auto zurück.

„Das ist keine Puppe, das ist ein Mensch", stammelte sie verstört.

Nun liefen die anderen zur Puppe hin. Tatsächlich schaute aus dem rechten Ärmel der Puppe eine menschliche Hand hervor. Frau Tertic betastete sie und sagte: „Die ist nicht aus Plastik."

Geigensauer nahm die Schirmkappe ab. Schon wie er den Kopf anfasste, spürte er die Nase eines Gesichtes. Er zog den Strumpf ab und der Kopf von Lastenecker kam zum Vorschein. Hugo Lastenecker war offensichtlich tot. Unter den Umstehenden herrschte betretenes Schweigen.

„Ich werde die Polizei verständigen", meinte Frau Tertic und lief zu ihrem Haus. Geigensauer zog den Strumpf wieder über den Kopf von Lastenecker. Sein erstarrter, verzerrter Gesichtsausdruck war kein schöner Anblick. Sicherlich würde die Polizei bald kommen und den Tatort absperren. Neugierig ging Geigensauer nach hinten in Lasteneckers Garten, um die Rückseite des Hauses zu erkunden. Nur eine niedrige Hecke markierte die Grenze zum Nachbargrundstück, auf dem die Jugendlichen gefeiert hatten. Er entdeckte nichts Auffälliges. Aber das Haus hatte auch eine Türe in den Garten hinaus und diese stand halb offen. Geigensauer betrat das Haus und befand sich in einem düsteren Gang, an dessen Ende durch das Glas der Eingangstüre Licht fiel. Eine der Zimmertüren war nur angelehnt. Geigensauer stieß sie mit dem Fuß auf und betrat das Wohnzimmer. Es war ziemlich verwüstet. Die Kästen standen offen und ihr Inhalt lag verstreut im Zimmer. Auch die Laden der Kommode waren herausgezogen und ihr Inhalt auf den Boden geleert worden. Die Sessel standen mitten im Raum. Ein Kasten war von der Wand weggeschoben worden. Am Teppichboden gab es einen großen dunklen Fleck, vermutlich Blut. Geigensauer kehrte in den Gang zurück. Die anderen Türen waren geschlossen und er wollte an den Türschnallen keine Spuren hinterlassen. Er stieg die enge Treppe ins Obergeschoss hinauf. Dort hatte alles seine Ordnung. Geigensauer stieg wieder hinunter. Da öffnete sich die Eingangstüre und Frau Dirbovic trat ein und rief: „Es ist offen."

Überrascht blickte sie auf Geigensauer.

„Haben Sie mich aber erschreckt. Ich habe Sie zuerst gar nicht gesehen. Sind Sie vom Garten gekommen?"

Geigensauer gab keine Antwort und wollte das Haus verlassen. Doch Frau Dirbovic verstellte ihm den Weg.

„Hoffentlich haben Sie nichts verändert. Die Polizei braucht jede Spur."

„Ihre Fingerabdrücke sind jedenfalls an der Klinke der Eingangstür", antwortete Geigensauer und ließ eine erstaunte Frau Dirbovic zurück. Während er durch die immer größer werdende Menschenmenge zurück zu seinem Haus ging, hörte er die Sirene eines nahenden Polizeiwagens. Der Gedanke an den jungen Mann, der vorgestern Lastenecker besucht hatte, ließ Geigensauer nicht los.

Um die Mittagszeit, als erste Reporter den abgesperrten Tatort fotografierten, wusste man bereits, dass Lastenecker mit einem Hering erstochen worden war. Er fehlte beim Festzelt der Jugendlichen. Der Zeitpunkt der Tat lag vermutlich in der Nacht der Party. Lastenecker war also fast zwei Tage lang als Puppe getarnt vor dem Haus gesessen.

Es fiel Geigensauer nicht leicht, den Bericht über diesen weiteren Mord abzuschicken. Auch wenn es durchaus möglich war, dass dieser Mord mit den anderen nichts zu tun hatte, konnte er sich die Meldungen der Medien schon vorstellen „Mordserie im Südburgenland reißt nicht ab".

Diesmal erhielt Geigensauer vom Chef persönlich Rückmeldung. Er hatte Kritik erwartet, aber sein Chef war keinem Filmdrehbuch entsprungen. Er ersuchte Geigensauer nur, nun noch intensiver zu beobachten. Drubovic hielt Geigensauer über die Ermittlungen der Polizei am Laufenden. Lastenecker war in seinem Haus im Wohnzimmer von hinten mit dem Hering erstochen worden. Die Ermittler fanden keine Fingerabdrücke. Auch im Garten des Hauses entdeckten sie keine brauchbaren Spuren. Das Erdgeschoss wurde vom Täter völlig verwüstet. Der erste Stock dagegen schien unberührt geblieben zu sein.

Weitere Rätsel gab der Mann auf, den Frau Dirbovic gesehen hatte. Da ihn in Güttenbach niemand kannte, hatte die Polizei die Fahndung auf den Bekanntenkreis Lasteneckers in Wien ausgeweitet. Vielleicht war der Mann der Mörder und war bei der Tat gestört worden.

Die Jugendlichen gaben nur zu, die Luftballone und das Schild mit der Zahl 60 an der Hecke befestigt zu haben. Nach dem Streit um drei Uhr in der Nacht wurde Lastenecker von niemandem mehr gesehen.

Am späten Nachmittag erhielt Geigensauer unerwarteten Besuch. Zwei Männer standen vor dem Eingang.

„Inspektor Timischl von der Kriminalpolizei", sagte der sehr große, hagere Mann. „Mein Assistent Karner", dabei deutete er auf den kleinen Mann, der einen Schritt hinter ihm stand, „wir wollen Sie wegen der Ereignisse der vorletzten Nacht kurz befragen."

„Bitte, treten Sie nur ein."

Geigensauer führte sie in die Küche und bot den beiden einen Platz an.

„Lassen Sie sich nicht stören", meinte Inspektor Timischl, als er die Jause am Tisch sah.

„Das hat Zeit", erwiderte Geigensauer.

Karner nahm Notizblock und Bleistift zur Hand und seine hinter der dicken Brille riesigen Augen blickten unverwandt auf Geigensauer.

„Ich sage nichts ohne meinen Anwalt", sagte Geigensauer möglichst ernst, und es dauerte einige Sekunden bis ein kleines Lächeln auf den Lippen von Inspektor Timischl andeutete, dass er den Scherz verstanden hatte.

„Sind auch Sie vorgestern Nacht durch den Streit zwischen den Jugendlichen und Herrn Lastenecker gestört worden?“, fragte Karner.

„Ja, das Schreien von Lastenecker hat mich geweckt.“

„Wissen Sie, wie spät es war?“

„Lastenecker hat geschrien, dass er um drei Uhr in der Nacht endlich Ruhe haben will.“

„Haben Sie auf die Uhr geschaut?“

„Nein.“

„War der Streit sehr heftig?“, fragte Inspektor Timischl weiter.

„Ziemlich. Lastenecker wollte die Polizei rufen. Sie beschimpften einander gegenseitig. Aber nach Mord und Totschlag hat es sich nicht angehört.“

„Wie hat der Streit geendet?“

„Die Jugendlichen haben die Musik so laut aufgedreht, dass man nichts anderes mehr gehört hat. Nach einiger Zeit bin ich dann wieder eingeschlafen.“

„Seit wann leben Sie in Güttenbach?“, forschte Timischl weiter und die kleinen Knopfaugen versuchten in Geigensauers Hirn einzudringen.

„Am Freitag werden es drei Wochen.“

„Kannten Sie Lastenecker von Wien her?“, fragte Karner weiter und diese Frage ließ Geigensauer einen Augenblick mit der Antwort zögern. Plötzlich wurde ihm klar, dass für die Kriminalpolizeit natürlich auch er selbst zu den Verdächtigen zählte.

„Nein.“

„Die Nachbarn sagen aber, dass Sie beide einen befreundeten Eindruck machten. Sie halfen ihm bei seinen Arbeiten und saßen mit ihm zusammen beim Pfarrfest.“

„Ich habe ihm einmal eine Leiter gehalten, damit er seine Satellitenschüssel montieren konnte. Er wusste, dass ich auch Wiener bin. Da fiel es ihm leichter, mit mir Kontakt aufzunehmen als mit den Kroaten. Er war mir aber wirklich nicht sympathisch.“

„Was haben Sie heute am Morgen in Lasteneckers Haus gesucht?“, kam es belanglos aus dem Mund des Inspektors, dessen dünne Lippen kaum zu sehen waren.

„Es war einfach meine Neugierde. Die Tür zum Garten stand offen und ich wollte sehen, wie es im Haus aussah.“

„Oder Sie wollten das finden, was Sie in der Nacht nicht gefunden hatten.“

„Sie glauben doch nicht wirklich…“, meinte Geigensauer etwas besorgt um seinen geheimen Auftrag.

„Glauben ist etwas für den Pfarrer“, setzte Timischl fort, „für uns sind alle verdächtig. Wenn zwei Menschen kurz hintereinander ihren neuen Wohnsitz im gleichen friedlichen Dorf begründen und kurz danach einer ermordet wird, dann ist der andere eben auch verdächtig.“

„Das hat sogar Ihre Nachbarin Frau Dirbovic erkannt“, ergänzte Karner seinen Inspektor.

„Haben Sie schon an den jungen Mann gedacht, der Lastenecker am Tag vor dem Mord besucht hat?“, setzte Geigensauer entgegen.

„Wir brauchen Ihre Hilfe nicht. Das ist alles für heute“, meinte Timischl und Karner sagte im Aufstehen ohne der geringsten Spur eines Lächelns: „Vielleicht sollten Sie doch mit Ihrem Anwalt reden.“

Die beiden gingen und Geigensauer begleitete sie nicht hinaus. Nachdenklich blickte er den beiden Polizisten nach und beschloss dann ins Gasthaus zu gehen. Dort gab es hoffentlich neue Informationen zum Fall Lastenecker.

Geigensauer nahm den Weg durch den Wald hinunter in den Ort. Valentin und Julia hatten sich dort ein kleines Haus aus Zweigen gebaut. Während Valentin noch weitere Äste für das Dach heranschleppte, saß Julia schon im Haus und las in einer Illustrierten.

„Das habt ihr sehr schön gebaut“, lobte Geigensauer.

„Sie könnte mir ruhig noch helfen, das Dach zu bauen anstatt über ihre Prinzessinnen zu lesen“, sagte Valentin vor Anstrengung fast ohne Atem und warf einen gewaltigen Ast auf das Dach.

Julia dachte nicht daran, sich zu entschuldigen. Sie griff hinter sich und zeigte Geigensauer einen großen Stoß von bunten Illustrierten.

„Herr Lastenecker hat sie mir gegeben“, sagte sie, „sie sind aus seinem Friseurgeschäft.“

Er ließ die spielenden Kinder zurück und erreichte bei einbrechender Dunkelheit sein Ziel.

Im Gastraum herrschte reger Betrieb. Alle Tische waren besetzt und auch die Bar war belegt. Von den Gästen kannte Geigensauer nur den Polizisten Herbert Unger. So stand er einige Augenblicke da und wusste nicht so recht, wo er sich hinwenden sollte.

Da rief ihm ein alter Herr von einem in der Nähe stehenden Tisch zu: „Kommen Sie zu uns! Hier ist noch Platz.“

Dabei deutete er auf einen freien Sessel neben sich. Ein wenig zögerte Geigensauer, dann nahm er das Angebot an. Außer dem alten Mann saßen noch ein junger Bursch und ein blonder Mann am Tisch.

Das Gespräch kam nicht gleich wieder in Gang. Geigensauer fühlte sich als Fremdkörper und war froh, wie der Wirt kam und ihm den bestellten Wein brachte. Jetzt hatte er durch das Trinken wenigstens eine Beschäftigung. Plötzlich wandte sich der alte Mann Geigensauer zu.

„Wie gefällt es Ihnen in Güttenbach?“

„Danke! Es ist schön mitten in der Natur zu leben. Mit Strudel und kroatischen Lehrbüchern wurde ich auch schon versorgt.“

„Wer kocht für Sie?“, fragte der blonde Mann.

„Niemand. Aber Theresa hat mir, als ich bei ihrem Haus vorbeiging, Strudeln und kroatische Lehrbücher geschenkt.“

„Ach, die Theresa“, fuhr der alte Mann fort, „ihr Sohn kann ja selbst kaum kroatisch.“

„Ich könnte mir nicht vorstellen, in Wien zu leben“, sagte der junge Bursch plötzlich herausfordernd, „ich bin immer froh, wenn ich aus Wien wieder nach Hause komme.“

„Wien ist anders, steht doch gleich bei der Stadteinfahrt", sagte der blonde Mann und lachte.

„Mir gefällt es in Wien aber auch ganz gut", erwiderte Geigensauer gelassen.

„Haben Sie den Friseur, der ermordet worden ist, gekannt?", fragte der alte Mann.

„Nein, ich habe ihn erst hier kennen gelernt."

„Er war sicherlich in Wien in ein Verbrechen verwickelt. Die Hand der Unterwelt reicht weit.

Der junge Mann, der Lastenecker besucht hat, war sicher ein Killer."

Nach diesen Worten trank der blonde Mann sein Bier aus, stand auf und verabschiedete sich. „Ich muss zur Chorprobe."

Kaum war sein Platz frei, setzte sich Polizist Unger zu ihnen.

„Wir kennen einander schon", sagte er zu dem alten Mann und deutete dabei auf Geigensauer.

„Eigentlich sollte ich es nicht sagen, aber Inspektor Timischl verdächtigt auch Sie, mit dem Mord an Lastenecker zu tun zu haben."

„Ich bin bestimmt unschuldig", antwortete Geigensauer.

„Was wollten Sie im Haus von Lastenecker?", begann Unger wie bei einem Verhör, „Frau Dirbovic hat Sie doch dort überrascht."

„Was suchte Frau Dirbovic dort?", probierte Geigensauer die Befragung zu beenden.

Aber er bekam keine Antwort. Unger bestellte sich ein weiteres Bier.

„Vielleicht waren es die Jugendlichen. Schließlich stritten sie ziemlich heftig mit Lastenecker", stellte Geigensauer eine andere Vermutung in den Raum.

„Ich war bei dem Fest dabei", sagte der junge Bursch aufgebracht, „wir haben dem alten Trottel sicher nichts getan. In Wien kann er sich über Lärmbelästigung beklagen und dort hätte er sich auch ermorden lassen sollen. Dann hätten wir hier unsere Ruhe."

„Über Tote schimpft man nicht", beruhigte ihn der alte Mann.

Geigensauer wandte sich wieder an Unger und wechselte das Thema:

„Und wen verdächtigt Inspektor Timischl wegen der Morde an Betka Hanuliankova und dem Leiter der Volksmusikgruppe?"

„Der Mann von Betka, Konstantin Hanuliankova, ist der Hauptverdächtige. Er war sehr eifersüchtig auf sie. Er wollte nicht, dass sie hier arbeitete. Die Tatzeit ließ sich beim Zustand der Leiche nur noch ungefähr feststellen. Vermutlich wurde sie an dem Tag ermordet, an dem sie von Oberwart nicht mehr zurückgekehrt war. Konstantin Hanuliankova fuhr an diesem Tag mit einer Fracht von Pressburg nach Graz und zurück. Timischl glaubt bis heute, dass Konstantin Betka in Oberwart getroffen und ermordet hat. Die Leiche hat er dann in der Nacht in das Feld gelegt. Timischl hat kein Vertrauen in die slowakische Polizei."

„Warum sollte er auch den Leiter der Volksmusikgruppe getötet haben? Die beiden wurden doch mit der gleichen Waffe getötet", wollte Geigensauer wissen.

„Das war neben der Tatzeit ein weiterer Punkt, der Konstantin Hanuliankova entlastete", fuhr Unger fort, „beim Leiter der Musikgruppe war die Lage noch schwieriger. Es gab überhaupt keine Verdächtigen. Außerdem, warum sollte der Mörder von Betka auch noch ihn umbringen?"

„Und die Hinweise mit der Aufschrift ‚Ausländer raus'?"

„Vermutlich nur ein Ablenkungsmanöver. In der rechten Szene gab es keine Hinweise zu diesen Morden".

„Diese Morde werden ein Rätsel bleiben", sagte der alte Mann, „aber es war kein Güttenbacher. Und das ist für uns das Wichtigste."

„Sind Sie sich da so sicher?", fragte Geigensauer.

„Er kennt alle Güttenbacher. Schließlich war Dr. Huber 30 Jahre lang im Gemeinderat", meinte Unger.

„Hoffentlich haben Sie Recht. Aber dann muss Lastenecker wohl von dem jungen Mann ermordet worden sein, der ihn besucht hat."

„Das ist durchaus möglich. Wir ermitteln in alle Richtungen. Aber es könnte auch ein Fremder sein, der in Güttenbach wohnt“, lächelte Unger.

„Unser Freund, der Wetterfrosch, wird es nicht gewesen sein“, meinte Dr. Huber freundlich, „ich glaube auch nicht, dass der junge Mann, der Lastenecker besucht hat, sein Mörder war. Er war sicherlich ein Bekannter oder Verwandter. Die Polizei wird ihn in Kürze befragt haben. Aber in der Nacht kann jeder Fremde, wenn er draußen auf den Feldern parkt und sich dem Ort zu Fuß nähert, ungesehen die Häuser am Rande des Dorfes erreichen.“

„Um das Haus waren sehr viele Spuren. Es war keine einzige brauchbare dabei. Timischl hat jeden Quadratzentimeter absuchen lassen.“

„Der Täter hat bewusst das Fest als Tatzeit gewählt. Der Lärm und die vielen Spuren um das Haus waren für ihn sehr günstig“, sagte Dr. Huber und stopfte seine Pfeife.

„Er hat also von dem Fest gewusst“, dachte Unger laut nach.

„Ganz bestimmt. Vielleicht war er während des Streites schon in der Nähe oder im Haus.“ Der ehemalige Gemeinderat zündete seine Pfeife an. „Dabei kam ihm auch die Idee, den Hering zu verwenden.“

„Sehr richtig“, stimmte Unger zu.

„Warum er aber dieses Theater mit der Puppe aufgeführt hat, das verstehe ich überhaupt nicht.“

Dr. Huber hatte ein nachdenkliches Gesicht, während er einen tiefen Zug aus seiner Pfeife machte.

„Er hätte die Leiche ruhig im Haus liegen lassen können. Dort wäre sie sicherlich noch länger nicht entdeckt worden.“

„Beim Aufstellen des Liegestuhls und beim Transport der Leiche hätte der Mörder gesehen werden können. Warum hat er das riskiert?“, überlegte Unger.

Geigensauer versuchte, sich an alle Kriminalromane zu erinnern, die er je gelesen hatte: „Es gibt Mörder oder besser Irrsinnige, die solche Taten als Kunstwerke betrachten.“

„Der Mörder war nicht verrückt“, setzte Dr. Huber seine Überlegungen fort, „er hat die Tat geplant und auf das Fest gewartet. Außerdem glaube ich, dass er tatsächlich etwas gesucht hat. Warum sollte ein Raubmörder bei einem armen Pensionisten eindringen?“

„Vielleicht war es eine Frau?“, warf Unger plötzlich ein.

„Nein. Nur ein Mann hat die Kraft, den Hering mit solcher Gewalt in den Rücken zu stechen“, antwortete Dr. Huber.

Geigensauer hatte seinen Wein ausgetrunken. Der immer dichter werdende Rauch im Gastraum brannte in seinen Augen. Er verabschiedete sich und spazierte langsam nach Hause. Vielleicht hatte Dr. Huber Recht, und Lastenecker hatte einen anderen Feind und sein junger Gast war unschuldig. Geigensauer dachte an seine Begegnungen mit Lastenecker zurück. Nie hatte er auch nur einen Augenblick das Gefühl gehabt, dass sich Lastenecker vor irgend-etwas gefürchtet hatte. Er beschloss, den Abend mit Fernsehen zu verbringen. Nach drei Krimis mit drei schrulligen Ermittlern, fünf fürchterlich zugerichteten Leichen und zwei korrupten Polizeipräsidenten war Geigensauer endlich müde und ging schlafen.

In der Nacht von Samstag auf Sonntag war dichter Nebel eingefallen. Nasse, bunte Blätter fielen von den Bäumen und lagen auf der noch grünen Wiese kreisförmig um die Baumstämme. Gegen Mittag lichtete sich der Nebel, der zartblaue Himmel und die goldene Oktobersonne kamen zum Vorschein. Geigensauer trocknete die Bänke in der Laube und setzte sich dort nieder. Ein starker Südostwind kam auf und bog die Wipfel der Bäume im nahen Wald. Erich Drubovic spazierte an Geigensauers Grundstück vorbei.

„Wie geht es Ihnen?“, fragte er und blieb bei der Einfahrt zu Geigensauers Haus stehen.

„Danke der Nachfrage. Aber meine Gedanken sind teilweise noch bei Lastenecker. Wo ist denn Ihre Frau?“

„Sie hat gestern vor Aufregung nicht schlafen können. Aber jetzt schläft sie fest, und mich hat die Sonne hinausgelockt."

„Nur der Wind stört ein bisschen!".

Geigensauer musste unbedingt Informationen über die Morde sammeln. Daher stand er auf und ging zu Erich Drubovic hin.

„Ich habe mich auch aufgeregt", sagte Geigensauer, „ich habe Lastenecker gerade erst kennen gelernt. Er war mir nicht gerade sympathisch, aber sein Tod ging mir doch zu Herzen. Wer könnte sein Mörder sein? Ein Güttenbacher wohl kaum. Schließlich kannte ihn doch niemand."

„Vielleicht hat er in Wien Feinde gehabt?", meinte Drubovic.

„Ein pensionierter Friseur?", zweifelte Geigensauer.

Drubovic blickte Geigensauer in die Augen, seufzte tief und sagte: „Aber der Streit mit den Jugendlichen könnte doch eskaliert sein."

„So ein Streit endet mit keinem Mord."

„Sicherlich wollten sie ihn nicht töten, aber dann muss etwas geschehen sein…", Drubovic stockte und blickte erschrocken auf Geigensauer.

„Die Jugendlichen haben ihn nicht umgebracht", beruhigte Geigensauer. Doch Drubovic war ganz bleich geworden, zitternd trat er ganz dicht an Geigensauer heran und sagte mit leiser Stimme: „Ich habe sie aber gesehen."

Dabei verschlug es ihm fast die Stimme. Geigensauer hatte Angst, der alte Mann könnte vor Aufregung zusammenbrechen.

„Sie sollten sich setzen", sagte Geigensauer und deutete auf die Laube. Drubovic folgte ihm und sie nahmen in der Laube Platz.

„Der Mord ist im Haus geschehen. Den können Sie gar nicht gesehen haben", erklärte ihm Geigensauer, nachdem sie einander zwei oder drei Minuten still gegenüber gesessen waren.

„Ich konnte nicht einschlafen, nachdem Lastenecker und die Jugendlichen so gestritten hatten. Nach etwa einer Stunde hörte die Musik wieder auf. Ich musste austreten und auf dem Weg zum WC war ich neugierig, wie die Feier der Jugendlichen verlief. Als ich beim Wohnzimmerfenster hinaussah, war es am Grundstück rund um das Zelt schon ruhig und dunkel, aber in Lasteneckers Garten erblickte ich drei der Jugendlichen. Einer trug den Liegestuhl und die anderen beiden trugen Lastenecker. Damals glaubte ich natürlich, dass es eine Puppe war. Die Luftballons am Zaun waren für mich der eindeutige Hinweis, dass die Jugendlichen für seinen Geburtstag den Garten schmückten. Bei uns ist es in den letzten Jahren Brauch geworden, zu runden Geburtstagen eine Puppe des Jubilars vor das Haus zu setzen. Ich hielt es für eine nette Geste der Jugendlichen und ging beruhigt zu Bett."

„Sind Sie sich ganz sicher? Schließlich war es mitten in der Nacht. Ich kann nicht glauben, dass die Jugendlichen Lastenecker ermordet haben."

„Ich bin mir ganz sicher. Vor dem Haus von Lastenecker steht eine Straßenlaterne. Ich habe die drei Jungendlichen eindeutig erkannt."

„Was sagt die Polizei dazu?", wollte Geigensauer wissen.

„Ich habe es bisher nur meiner Frau erzählt."

„Und Ihre Frau möchte, dass Sie es der Polizei melden."

„Nein, meine Frau meint, ich muss es nicht gesehen haben. Die Polizei wird im Rahmen der Ermittlungen schon dahinter kommen. Wir wollen keiner Familie im Ort Probleme bereiten."

„Es handelt sich aber um Mord!"

„Ich weiß. Aber die Polizei wird es doch in Kürze herausgefunden haben."

„Sie müssen es melden", drängte Geigensauer den alten Mann.

Ein Auto kam rasch die Straße entlang und bog bei Geigensauers Haus in die Einfahrt ein. Inspektor Timischl stieg aus und trat rasch auf die beiden zu.

„Da haben wir ja gleich zwei Fliegen auf einem Schlag", sagte er bester Laune und von seinen dünnen Lippen war überraschend viel zu sehen. „Hat einer von Ihnen am Tag, bevor Lastenecker ermordet wurde, seinen Besuch kommen oder abreisen gesehen, einen jungen Mann mit gelockten, längeren, schwarzen Haaren, bekleidet mit Jeans und einer Jeansjacke?“

Geigensauer und Drubovic verneinten.

„Das vermutete ich ohnehin, aber der Ordnung halber musste ich auch Sie noch befragen. Damit ist der Fall vermutlich so gut wie gelöst. Die Wiener Polizei hat den jungen Mann im Bekanntenkreis von Lastenecker ausgeforscht. Er ist in der homosexuellen Szene gut bekannt und heißt Guido Enzing. Er kam gegen Bezahlung zu Lastenecker, aber auch zu anderen alten Männern. Das hat er schon zugegeben. Wahrscheinlich haben sie über das Honorar gestritten und dabei hat er Lastenecker erstochen. Enzing behauptet zwar, er wäre schon am späten Nachmittag abgereist. Aber niemand hat ihn gesehen. Der ungarische Autofahrer, der ihn mitgenommen haben soll und an dessen Kennzeichen er sich nicht mehr erinnern kann, ist vermutlich auch nur schwer aufzutreiben. Enzing wird bereits verhört. Den Rest wird er schon noch gestehen.“

Inspektor Timischl wollte sich schon umdrehen und zu seinem Wagen zurückkehren, da sagte Drubovic zögernd: „Herr Inspektor, ich muss Ihnen noch etwas sagen.“

Das Mobiltelefon des Inspektors läutete mit der James Bond-Titelmelodie als Klingelton.

„Einen Moment“, sagte Timischl zu Drubovic und dann in sein Handy „Nein. Keiner im Ort hat ihn abreisen gesehen. Ich habe die ganze Nachbarschaft überprüft.“

Nur unverständliche Laute des Gesprächspartners drangen bis zu Geigensauer, aber Timischl antwortete: „Ja, ja. Wir werden morgen bei Bahn und Südburg nachfragen.“

Und nach eine kurzen Pause fuhr er fort: „Gut, ich mache es gleich.“

Timischl beendete das Gespräch und wandte sich wieder Drubovic zu.

„Ich habe es sehr eilig. Ist es dringend?“

„Doch. Ich glaube, ich habe in der Mordnacht eine wichtige Beobachtung gemacht“, sagte Drubovic bedächtig.

„Und die wäre?“

Timischl trat unruhig von einem Fuß auf den anderen.

„Ich habe drei Personen gesehen. Eine hat den Liegestuhl getragen. Die anderen beiden haben Lastenecker geschleppt und in den Liegestuhl gelegt.“

Inspektor Timischl setzte sich gegenüber von Geigensauer neben Drubovic nieder. Geigensauer sah, wie er seine dünnen Lippen in den Mund hinein sog, wo sie dann auch verschwunden blieben.

„Haben Sie die Personen erkannt?“

„Ja. Es waren drei von den Jugendlichen, die an der Party teilgenommen hatten.“

„Kennen Sie die Namen?“

Inspektor Timischl zückte einen Block und einen Bleistift.

„Leider. Karl Tontic, Mirko Jurac und Tim Drubovic.“

„Wissen Sie, wie spät es war?“

„Zehn Minuten vor vier. Ich habe auf die Uhr geschaut.“

„Dass wir das erst jetzt erfahren, kann noch ein Nachspiel haben. Das Wichtigste wird einem immer vorenthalten. Beinahe hätte ich jetzt alle Busfahrer des Bezirks verhört.“

Inspektor Timischl ging, ohne sich zu verabschieden, zu seinem Auto, setzte sich hinein und telefonierte einige Minuten. Dann fuhr er davon. Geigensauer sah, dass Drubovic ziemlich bedrückt war.

„Vielleicht ist Guido Enzing unschuldig und Sie haben ihm geholfen“, versuchte Geigensauer Drubovic aufzurichten.

„Mir wäre lieber, die drei Burschen wären unschuldig.“

„Noch sind sie nicht verurteilt“, beruhigte Geigensauer.

„Aber es schaut nicht gut für sie aus. Ich muss jetzt zu meiner Frau zurück, um ihr alles zu erzählen.“

Langsam erhob sich Drubovic und ging mit bedächtigen Schritten nach Hause. Geigensauer wollte ihm noch etwas Nettes sagen, aber es fiel ihm nichts ein. Aus Neugierde ging er zum Computer, um nachzusehen, ob es Nachrichten von Drubovic gab. Ein E-Mail war in der Box.

Hallo Anton!

Guido Enzing will den Mord nicht zugeben.

Einer deiner Nachbarn hat in der Mordnacht drei der Jugendlichen gesehen, wie sie Lastenecker in den Liegestuhl gelegt haben. Wenn das wahr ist, dann gibt es im Ort doch Mörder. Ich bekomme schon Angst, dass ich meine Wette verlieren könnte.

P.S.

Das Begräbnis von Lastenecker ist Dienstag um 9 Uhr 30 am Gersthofer Friedhof.

Geigensauer hatte Lastenecker nur kurz gekannt, trotzdem wollte er am Begräbnis teilnehmen, auch um ein wenig Wiener Luft zu schnuppern. Er schrieb eine kurze Antwort an Drubovic.

Lieber Jörg!

Ich kann mir nicht vorstellen, dass die Jugendlichen Lastenecker nur wegen des Streites umgebracht haben. Und wenn, warum haben sie ihn dann nicht einfach im Haus liegengelassen? Vielleicht waren die Jugendlichen im Vollrausch oder sie hatten Drogen genommen. Dann gibt es wenigstens mildernde Umstände. Ich werde am Dienstag auf das Begräbnis von Lastenecker gehen.

Anton

Der Wind war zu einem Föhnsturm geworden und der Himmel war mit hohen weißen Wolken bedeckt. In der Laube war kein Arbeiten mehr möglich. Geigensauer zog sich ins Haus zurück. Das Satellitenbild zeigte deutlich die herannahende Front und die Druckkarten die herbstliche Föhnwetterlage. Spätestens in der Nacht würde es regnen. Geigensauer kontrollierte im Garten den Niederschlagsmesser. Dessen erster Einsatz stand bevor. Geigensauer arbeitete bis tief in die Nacht hinein. Beim Einschlafen hörte er noch den Sturm über das Dach des Hauses pfeifen und fühlte sich unter seiner warmen Decke sehr wohl. Das Abflauen des Sturmes und den starken Regen hörte er nicht mehr.

Als er aufstand, um die Wetterdaten abzulesen, war es noch dunkel. In der Küche war es kalt und er holte Holz. Bald knisterten und krachten die Scheiter im Ofen. Frische Semmeln holte er sich von der eben angekommenen Bäckerin. Es tröpfelte noch, doch im Westen leuchtete schon ein wolkenloser Himmelsstreifen über den fernen Bergen. Frau Dirbovic sagte gerade zu Erich Drubovic: „Die drei Jugendlichen waren es bestimmt nicht."

„Ich habe sie aber gesehen", beharrte Drubovic müde.

„Sie waren es nicht."

Und weil niemand antwortete, wiederholte Frau Dirbovic noch einmal: „Sie waren es nicht."

„Es ist ja gar nicht sicher, dass sie es gewesen sind", beruhigte Geigensauer.

„Gestern am Abend hat man sie verhört", sagte Frau Tertic, „ich möchte nicht in der Haut der Eltern stecken."

„Schuld sind nur die Drogen", sagte Frau Rustic, eine alte Dame, die ein paar Häuser entfernt wohnte, „man hat immer schon erzählt, dass bei diesen Festen Drogen im Umlauf sind. Zuerst stehen sie am Sonntag während der Messe vor der Kirche, dann gehen sie überhaupt nicht mehr zur Kirche und dann nehmen sie Drogen."

„Wer ist denn der dritte Jugendliche?", wollte Frau Tertic wissen, „ich habe nur vom Mirko und Tim gehört."

„Der Karl."

„Der Sohn vom Dachdecker?"

„Nein, der Sohn von Gustav."

„Lastenecker soll schwul gewesen sein! Haben Sie das gewusst?", fragte Frau Dirbovic. Geigensauer schüttelte den Kopf, kaufte Milch und einen Kornspitz und ging wieder. Er hatte Verständnis für die Aufregung. Schließlich waren die Bewohner eines kleinen Ortes wie eine große Familie.

Von Jörg Drubovic waren schon wieder Nachrichten gekommen. Die erste Vernehmung der drei Jugendlichen hatte noch am

Abend stattgefunden. Sie hatten nicht nur die Luftballons und das Schild mit der Zahl 60 an die Hecke gehängt, sondern auch eine Puppe aus Stroh gemacht, angezogen und vor das Haus gesetzt. Sie hatten das ursprünglich nicht erzählt, weil sie Angst hatten, mit dem Mord in Verbindung gebracht zu werden. Wohin die Puppe aus Stroh samt Verkleidung verschwunden war, konnten sie sich nicht erklären. Die Mutter von Tim bestätigte, dass die von ihrem Sohn angegebenen Kleidungsstücke in seinem Kasten fehlten. Sie soll auch im Schlaf gehört haben, dass er einmal in der Nacht kurz zu Hause gewesen war. Das Stroh hatten sie vom Dachboden einer nahe gelegenen Scheune genommen.

Geigensauer wurde nachdenklich. Er konnte nicht glauben, dass die Jugendlichen gemordet hatten. Wenn es aber doch so war, dann hatte vermutlich nur einer der Jugendlichen Lastenecker umgebracht. Die anderen beiden würden dem Täter sicherlich nicht ewig die Stange halten. Die Idee mit der Geschichte von der Puppe war gar nicht schlecht, wenn sie nicht sogar wahr war.

Der Regen hatte aufgehört und die Sonne ließ Wasserdampf von den Straßen aufsteigen. Geigensauer wollte sich bewegen und die frische Luft nach dem Regen genießen. Er wanderte hinaus auf die Felder und spazierte auf einem Feldweg, der parallel zu dem Güterweg verlief, der hinter Lasteneckers Haus angelegt war. Als er auf der Höhe von Lasteneckers Haus war, sah er am Acker neben dem Feldweg trotz des Regens deutlich eine Fußspur, die den Acker schräg Richtung Flughafen überquerte. Er blickte in die andere Richtung auf Lasteneckers Haus. Eine Wiese, der Güterweg und wieder eine Wiese waren zu überqueren, um von seinem Standort zu Lasteneckers Haus zu gelangen. Geigensauer erinnerte sich an die Worte von Dr. Huber „Jeder Fremde kann, wenn er draußen auf den Feldern parkt und sich dem Ort zu Fuß nähert, ungesehen die Häuser am Rande des Dorfes erreichen". Es konnte Guido Enzing gewesen sein, als er Güttenbach verließ. Geigensauer wanderte zu der Stelle, wo die Spur den Acker verließ. Dort verlief ein asphaltierter Güterweg, und die Lehmbrocken, die von den Schuhen abgefallen waren, klebten trotz des nächtlichen Regens noch auf dem Weg und verliefen immer kleiner werdend Richtung Flughafen. Geigensauer blickte zurück auf den Acker. An einem wassergefüllten Eindruck noch zu sehen, dass jemand vom Ort zum Flughafen unterwegs gewesen war und nicht umgekehrt. Geigensauer hatte keine Lust seine Entdeckung zu melden. Er freute sich darüber, mehr als die Polizei zu wissen. Falls seine Entdeckung bedeutungslos war, machte es ihm auch nichts. Er nahm an, dass Guido Enzing mitten in der Nacht zu einer Bushaltestelle gegangen war, und er wanderte zu der Haltestelle in der Nähe des Flughafens. Dort mündete die von Güttenbach kommende Landesstraße in die Bundesstraße nach Güssing. Die Haltestelle lag direkt bei einer Glaserei. Geigensauer studierte den Fahrplan. Um 4 Uhr und um 5 Uhr in der Früh fuhren an Werktagen die ersten Busse Richtung Wien. Es war etwa 10 Uhr und in einer halben Stunde ging der nächste Bus nach Oberwart. Geigensauer wollte seine Freiheiten nützen, nach Oberwart fahren und bei der Südburg Erkundigungen einholen.

Gegen elf Uhr stieg Geigensauer in Oberwart bei der Südburg aus. Als er das Büro betrat, stand er einer Frau mittleren Alters gegenüber.

„Entschuldigen Sie die Störung, aber ich habe da ein kleines Problem."

„Bitte."

„Mein Cousin vermisst sein Handy. Er ist am einem Donnerstag mit dem Bus um 4 Uhr von der Glaserei bei Güttenbach nach Wien gefahren und hat es vielleicht im Bus liegengelassen. Ist bei Ihnen etwas abgegeben worden."

„Nein, aber da müssen Sie den Fahrer fragen. Einen Augenblick, ich schaue nur auf den Dienstplan. Donnerstag. Das war der Herr Schwarz. Da haben Sie Glück, der ist - glaube ich -gerade im Büro nebenan."

„Danke. Auf Wiedersehen."

Als Geigensauer in das benachbarte Büro eintrat, saßen dort zwei Männer hinter einem Schreibtisch und rauchten.

„Entschuldigung. Ich suche Herrn Schwarz."

„Der bin ich."

Der Schlankere der beiden stand auf.

„Womit kann ich dienen?"

„Mein Cousin vermisst sein Handy. Er ist vor zwei Wochen mit dem Bus um 4 Uhr von Güttenbach nach Wien gefahren und hat es vielleicht im Bus liegengelassen. Ist bei Ihnen etwas abgegeben worden."

„Nein."

„Vielleicht erinnern Sie sich? Ein junger Mann, mit gelockten, schwarzen Haaren."

„So einer ist sicherlich nicht mitgefahren. Ich kenne alle Leute, die um diese Zeit nach Wien fahren."

Geigensauer ging wieder ins andere Büro zurück. Die Frau schaute ihn fragend an.

„Ich glaube, ich habe mich vorhin versprochen, mein Cousin ist mit dem 5 Uhr Bus gefahren."

Ohne eine Antwort zu geben, schaute die Frau erneut im Dienstplan nach.

„Herr Moser war der Fahrer. Warten Sie! Wo finden Sie ihn jetzt am leichtesten?"

Wieder schaute sie in ihren Unterlagen nach.

„Er fährt um 13 Uhr vom zweisprachigen Gymnasium mit den Schülern Richtung Großpetersdorf."

Geigensauer bedankte sich und ging. Es war 11 Uhr 30. Die Schule lag im Zentrum und so marschierte er die Hauptstraße entlang.

Oberwart war größer, als er gedacht hatte. Er benötigte fast zwanzig Minuten, um den Hauptplatz zu erreichen. Da er noch rund eine Stunde Zeit hatte, sah er sich die Auslagen der Geschäfte an und verspeiste in einer Konditorei eine wunderbare Kardinalschnitte. Er dachte an Betka Hanuliankova. Ob sie damals wirklich in Oberwart eingekauft hatte? Und wenn, was war danach geschehen? Kurz vor ein Uhr erreichte Geigensauer den Neubau der Schule, vor dem schon der Bus stand. Geigensauer wandte sich an den Fahrer.

„Sind Sie Herr Moser?"

„Ja."

„Mich hat die Südburg an Sie verwiesen. Mein Cousin vermisst sein Handy. Er ist vor zwei Wochen am Donnerstag mit dem Bus um 5 Uhr von Güttenbach nach Wien gefahren und hat es vielleicht im Bus liegengelassen. Ist bei Ihnen etwas abgegeben worden?"

„Nein. Ich glaube nicht."

„Mein Cousin ist jung und hat langes, schwarz gelocktes Haar. Erinnern Sie sich an ihn?"

„Natürlich, er hat mir den Bus mit seinen lehmigen Schuhen verdreckt. Aber sein Handy war nicht im Bus", antwortete der Fahrer verärgert.

„Danke. Wissen Sie, wann der nächste Bus nach Güttenbach fährt."

„Ich fahre bis Güttenbach."

Geigensauer zahlte und setzte sich hinten in den Bus. Er war stolz auf sich. Guido Enzing hatte gelogen. Angenommen die Jugendlichen hatten um 4 Uhr in der Früh eine Puppe hingesetzt, dann hatte Guido Enzing danach noch Zeit, Lastenecker zu ermorden, ihn statt der Puppe vor das Haus zu setzen und den 5 Uhr Bus zu erreichen. Wo aber hatte er dann die Puppe der Jugendlichen versteckt?

Kaum hatte er Platz genommen, stürmten aus der Schule schon eine Menge Kinder zum Bus und erfüllten seinen Innenraum mit ihren lauten Stimmen. Auch Valentin und Julia erkannte Geigensauer unter den Kindern. Er erinnerte sich, wie er als Schüler in Wien mit seiner schweren Schultasche in der überfüllten Straßenbahn gefahren war.

In Güttenbach angekommen, stieg er mit Valentin und Julia aus. Beide hatten schwere Schultaschen zu schleppen.

„Soll ich dir etwas tragen?", fragte Geigensauer Julia.

„Nein, danke."

„Werdet ihr heute wieder Fußball spielen?", versuchte Geigensauer noch einmal ein Gespräch zu beginnen.

„Leider habe ich Hausübungen. Vielleicht geht es sich vor der Abendmesse aus", antwortete Valentin.

„Liest du noch in den Illustrierten von Lastenecker?", fragte Geigensauer Julia.

„Nein", antwortete Valentin, „zuerst nimmt sie die Zeitungen, dann liest sie sie einmal und dann liegen sie in der Garage zum Verheizen."

Julia blieb stumm, und so erreichten sie schweigend ihre Häuser. Ein E-Mail von Drubovic war eingetroffen. Guido Enzing blieb unter polizeilicher Beobachtung. Er verhielt sich völlig unauffällig. Die Jugendlichen waren noch einmal verhört worden. Sie blieben aber bei ihren Aussagen. Geigensauer benachrichtigte Jörg Drubovic von seinen Entdeckungen, und sie vereinbarten, sich beim Begräbnis von Lastenecker zu treffen.

Auf einem wolkenlosen Himmel stand der Vollmond über dem Wald. Geigensauer verließ sein Arbeitszimmer und ging durch die Arkaden in den Wohnbereich. In der Nacht konnte es durchaus frostig werden. Er ging früh zu Bett. Er wollte ja mit dem Bus um 5 Uhr nach Wien zum Begräbnis von Lastenecker fahren.

Es war noch stockdunkel, als Geigensauer Dienstag in der Früh zur Bushaltestelle ging. Dort wartete bereits eine Handvoll Pendler auf den Bus. Es war kalt und die im Freien geparkten Autos waren mit einer dicken Schicht Reif überzogen. Im Bus versank Geigensauer im Dämmerlicht der schwachen Beleuchtung in einen Halbschlaf, begleitet von der Sendung „Guten Morgen Burgenland", die über die Lautsprecher erklang. Die geübten Pendler schienen durchaus zwei weitere Stunden Schlaf genießen zu können.

Als Geigensauer beim Wiener Verkehrsbüro ausstieg, fühlte er sich gerädert. Die Beine wollten bei den ersten Schritten beinahe ihren Dienst versagen. So beschloss er, nicht gleich mit der Straßenbahn weiterzufahren, sondern die Innenstadt zu Fuß zu durchqueren. Auf der Kärntnerstraße und am Graben waren nur geschäftig in den Dienst eilende Angestellte unterwegs. Die Touristenmassen waren noch beim Frühstück. Ein kühler Wind blies durch die tiefen Häuserzeilen und während Geigensauer durch die Naglergasse ging, verschwand seine Müdigkeit. Am Friedhof warteten außer Drubovic bereits vier Personen. Die Gesichtszüge eines älteren Mannes erinnerten an Lastenecker. Daneben standen noch zwei sehr alte Damen, wobei die eine die andere stützte. Etwas abseits stand eine junge Frau mit asiatischem Aussehen.

Während der Zeremonie in der Leichenhalle gab es nur eine kurze Schilderung des Lebens von Lastenecker. Als der kleine Trauerzug die Grabstelle erreichte, sah Geigensauer dort einen jungen Mann mit schwarzen, gelockten Haaren warten. Geigensauer betrachtete Guido Enzing genauer. Er war um die zwanzig Jahre alt, hatte eine selbstbewusste Körperhaltung und einen herausfordernden Blick. Die riesige Uhr am Handgelenk und das goldene Kettchen um den Hals konnte man nicht übersehen. Die schwarze Lockenpracht wurde von Zeit zu Zeit vom Wind in sein Gesicht geweht und danach mit lässiger Bewegung des Kopfes wieder über die Schultern geworfen. Er trug eine schwarze Jean, ein schwarzes Hemd und einen langen, schwarzen Ledermantel.

Die Zeremonie dauerte nur wenige Minuten. Die anderen Trauergäste verließen den Friedhof. Nur Guido Enzing blieb auf seinem Platz stehen. Drubovic ging rasch auf ihn zu.

„Herr Enzing, ich hätte noch ein paar Fragen an Sie."

„Das hätte ich mir denken können, dass die Bullen nicht einmal beim Begräbnis Ruhe geben können."

Guido Enzing hatte einen Fuß auf eine Grabeinfassung gestellt, seine Hände verwahrte er in den Manteltaschen.

„Bitte, ich stehe zur Verfügung."

„Gehen wir in ein Kaffeehaus", schlug Drubovic vor.

„Nein. Danke. Hugo kann ruhig mithören. Außerdem will ich mich dann in Ruhe von meinem Freund verabschieden."

Auch Geigensauer war an die beiden herangetreten.

„Sie sind mit dem Bus um fünf Uhr in der Früh von Güttenbach nach Wien zurückgefahren", sagte ihm Drubovic einfach ins Gesicht.

„Kann sein", erwiderte Enzing ungerührt.

„Sie sind also nicht am Nachmittag per Autostopp abgereist?"

„Nein. Bin ich nicht!"

„Warum haben Sie bei der Vernehmung gelogen?"

„Gelogen ist ein hässliches Wort. Ich wollte nicht sofort unter Mordverdacht geraten. Vielleicht war das dumm von mir. Ich war bei Lastenecker. Schließlich hatte er seinen 60. Geburtstag. Wir feierten. Er trank ziemlich viel und gegen drei Uhr legte er sich mit den jugendlichen Partygästen an. Er wollte die Polizei rufen. Ich hielt das für dumm und spießig. Wir stritten, er war ziemlich betrunken, beschimpfte mich und schlief dann einfach im Sessel sitzend ein. Ich verließ ihn gegen halb vier Uhr früh. Ich war so verärgert, dass ich einfach über die Felder davonlief. Der Bus um vier Uhr fuhr mir vor der Nase davon. Mit dem fünf Uhr Bus fuhr ich dann nach Wien. So, und jetzt können Sie mich verhaften."

Er hielt Drubovic seine Hände hin.

„Wegen so einer kleinen Meinungsverschiedenheit läuft man doch nicht bei Nacht und Nebel davon."

Drubovic übersah einfach die beiden ihm entgegengehaltenen Hände, die Enzing ohne Antwort wieder in die Manteltaschen steckte.

„Gab es nicht einen kleinen Streit über Ihr Honorar?", forschte Drubovic weiter.

„Lastenecker war mein Freund", antwortete Enzing.

„Wusste er von Ihren anderen Freunden?"

„Ja."

„War er nicht eifersüchtig?"

„Nein."
„Ist Ihnen beim Verlassen von Lastenecker etwas aufgefallen?"
„Nichts Besonderes. Die Party ging schon dem Ende entgegen. Viele Gäste sah ich nicht mehr."
„Kommen Sie um 14 Uhr zu mir und wir nehmen ein Protokoll auf", sagte Drubovic. Als Geigensauer und Drubovic den Friedhof verließen, sahen sie einen Mann in einem Auto sitzen und Zeitung lesen. Enzing wurde noch immer beschattet.
„Die Geschichte klingt schon besser. Ich bin mir sogar sicher, dass Enzing und Lastenecker stritten. Nur den wirklichen Grund wissen wir noch nicht. Sobald wir ihn kennen, sind wir dem Tatmotiv und dem Täter schon ziemlich nahe", meinte Drubovic, während sie in sein Auto einstiegen. Offensichtlich war er nicht überzeugt, die endgültige Version von Enzing gehört zu haben.
„Die Jugendlichen waren es nicht", fuhr er fort, nachdem er sich eine Zigarette angezündet hatte.
„Mein Gefühl sagt mir auch, dass sie es nicht waren. Doch man sollte die Gewaltbereitschaft von Jugendlichen nicht unterschätzen."
„Nur einer von ihnen könnte Lastenecker erstochen haben. Die anderen hätten ihn längst verpfiffen."
„Die Geschichte mit der Puppe ist wahr?", fragte Geigensauer ungläubig.
„Sicher, wozu sollten sie das erfinden. Warum sollten sie Lastenecker als Puppe getarnt vor das Haus setzen? Aber der Mörder könnte den Streit und das Aufstellen der Puppe beobachtet haben. Er setzte Lastenecker vor das Haus, um den Verdacht auf die Jugendlichen zu lenken."
„Guido Enzing?"
„Wahrscheinlich. Solche bezahlten homosexuellen Spielchen enden nicht selten mit Gewalt."
„Bis zur Abfahrt des fünf Uhr Busses hätte Enzing Zeit genug gehabt, dem toten Lastenecker den Strumpf über den Kopf und die Handschuhe anzuziehen."

„Bleibt nur die Frage, wo er die Puppe versteckt hat. Viel Zeit dazu hatte er nicht."

Geigensauer konnte sich einfach nicht vorstellen, dass Enzing mit der Puppe im Arm durch das nächtliche Dorf lief.

„Vielleicht steckte er sie in eine Mülltonne", Drubovic zündete sich eine weitere Zigarette an, „sowohl der Streit der Jugendlichen mit Lastenecker über den Lärm als auch der angebliche Streit von Enzing mit Lastenecker über dessen Benehmen sind eine dünne Suppe für ein Tatmotiv."

„Die größeren Emotionen gab es sicherlich zwischen Enzing und Lastenecker!", gab Geigensauer zu bedenken.

„Bestimmt. Darum tippe ich auch auf Enzing. Aber wir brauchen noch sein wahres Motiv. Auf jeden Fall scheint die Causa Lastenecker nichts mit den anderen Morden zu tun zu haben. Zehn vor eins. Du musst gehen, wenn du den Bus nicht versäumen willst."

Geigensauer erreichte den Bus gerade noch und war um drei Uhr wieder in Güttenbach. Das Südburgenland lag unter einer dicken Nebeldecke. Sogar das Licht der Straßenlaternen wurde von den Wassertröpfchen gestreut und umgab die Laternen mit hellen Kreisen.

Die ganze Woche blieb der Nebel liegen, und die Tage vergingen in monotoner Gleichmäßigkeit. In der Nacht von Dienstag auf Mittwoch, den Nationalfeiertag, begann es zu nieseln und die kalte Nässe tropfte unaufhörlich von Dächern und Bäumen zu Boden. Geigensauer verließ das Haus nur um bei der Bäckerin einzukaufen.

Die Ermittlungen im Fall Lastenecker hatten zu keinen weiteren Erkenntnissen geführt. Die Jugendlichen waren noch einmal verhört worden, aber ihre Aussagen blieben gleich. Der Schatten ihrer möglichen Täterschaft lag mindestens so dunkel und undurchsichtig über der Ortschaft wie der Nebel. Am Freitag in der Früh war dieser noch dichter geworden. Die wenigen noch auf den Bäumen hängenden bunten Blätter bewegten sich leicht im Wind.

Als Geigensauer seine Mailbox öffnete, war eine Nachricht von Drubovic eingetroffen.

Lieber Anton!
Es kam, wie es kommen musste. Der Notar, der die Erbschaft von Lastenecker behandelt, hat uns mitgeteilt, dass Lastenecker vor 14 Tagen sein Testament geändert hatte. Bis zu diesem Zeitpunkt war Guido Enzing der Alleinerbe gewesen. Lastenecker hatte Guido Enzing enterbt, weil er von seinen anderen Freundschaften erfahren hatte. Genug Motiv für Streit und Mord. Wir haben Enzing in Untersuchungshaft genommen. Vergiss nicht und fahr auf ein Glas Wein auf den Eisenberg, wenn es zu viel Nebel gibt.
Jörg

Geigensauer sah Lastenecker vor sich, wie er Enzing beschimpfte und wie dieser ihm den Hering in den Rücken rammte. Geigensauer hatte Sehnsucht nach Licht und Luft. Er ging in den Nebel hinaus und zog das Laub der Linde mit einem Rechen zu einem großen Haufen zusammen.

Wo hatte Guido Enzing die Strohpuppe der Jugendlichen versteckt? Geigensauer ließ die zeitlichen Ereignisse der Mordnacht noch einmal der Reihe nach vor seinem geistigen Auge ablaufen. Um drei Uhr war der Streit zwischen Lastenecker und den Jugendlichen gewesen. Um zehn Minuten vor vier Uhr hatte Erich Drubovic die Jugendlichen mit der Puppe gesehen. Um fünf Uhr war Enzing in den Bus nach Wien eingestiegen. Lastenecker war also um drei Uhr noch am Leben gewesen. Für den Weg von Lasteneckers Haus zur Bushaltestelle beim Flughafen benötigte Enzing mindestens eine Viertelstunde. Davor musste er die Puppe entfernen und Lastenecker vor das Haus setzen. Wahrscheinlich ist Lastenecker also spätestens um halb fünf ermordet worden. Andererseits konnte Lastenecker auch schon bald nach drei Uhr ermordet worden sein und Enzing war nur geblieben, weil er beim Verlassen des Hauses von den Jugendlichen nicht gesehen werden wollte. Die Jugendlichen setzten ihre Puppe zehn Minuten vor vier Uhr in den Liegestuhl. Angenommen, sie hatten das Festgelände danach sofort verlassen, dann hatte Enzing fast eine Dreiviertelstunde Zeit gehabt, die Puppe zu entfernen und Lastenecker vor das Haus zu setzen. Die Puppe war auch nicht mit Enzing nach Wien gefahren. Sie musste daher irgendwo zu finden sein. Richtung Flughafen hatte Geigensauer den Weg von Enzing verfolgt. Da gab es keine Spur von einer Puppe. Auf dem Grundstück von Lastenecker war nichts gefunden worden.

Geigensauer versuchte sich vorzustellen, er selbst würde mit der über die Schultern gelegten Puppe vor Lasteneckers Haus stehen und ein Versteck suchen. Der Wald, der unterhalb von Geigensauers Haus verlief, fiel ihm ein. Er stellte seinen Rechen zur Seite und ging in den Wald hinein, der an sein Grundstück grenzte. Es war ein Mischwald aus großen Buchen, Eichen und Föhren. Im Schatten dieser Riesen war die nachfolgende Baumgeneration nicht über Strauchgröße emporgewachsen. Stellenweise wuchs Efeu und niedriges Gestrüpp, sodass ein Durchdringen kaum möglich war. An einer Stelle lag Bauschutt und etwas abseits rostete eine alte Egge. Geigensauer zog eine schleifenförmige Bahn durch den Wald, um möglichst keine Stelle zu übersehen. Der Boden war mit frischem Laub bedeckt. Was darunter lag, blieb verborgen. An einer Stelle ragte ein alter Gummistiefel aus der Blätterschicht hervor.

Geigensauer kehrte nach Hause zurück. Von einer großen angezogenen Strohpuppe war keine Spur zu sehen gewesen. Vielleicht hatte Enzing die Puppe auch zerlegt und dann die Teile versteckt.

Am Abend kam ein weiteres E-Mail von Drubovic. Enzing hatte zugegeben, mit Lastenecker über die Erbschaft gestritten zu haben, den Mord leugnete er noch. Drubovic war zuversichtlich, dass Enzing noch gestehen würde. Aber selbst, wenn Enzing hart bliebe, würde der Staatsanwalt gegen ihn Anklage wegen Mordes erheben.

Samstag in der Früh war der Nebel wie ein Spuk verschwunden und die Sonne lachte von einem wolkenlosen Himmel. Bei der

Bäckerin blickten Geigensauer fröhliche Gesichter entgegen. Die Nachricht von der Verhaftung Guido Enzings hatte sich in Güttenbach rasch verbreitet, wodurch die drei Jugendlichen entlastet wurden.

Der Tag versprach warm und windstill zu werden und Geigensauer beschloss, mit dem Fahrrad den Eisenberg zu besuchen. Er verließ Güttenbach über den Güterweg Richtung Mischendorf und der Fahrtwind blies ihm kalt um Knie und Ohren. Gleich hinter dem Meierhof öffnete sich ein weiter Blick. Braune Felder und grüne Wiesen lagen in sanftem Licht, das durch den dünnen Nebel drang. Bald bildete der Hannersberg mit langen Reihen von Rebstöcken und einigen Weinkellern den Horizont zum tiefblauen Himmel. Bei der nächstens Talfahrt konnte er Rechnitz und den Geschriebenstein erkennen. Dann ging es bergan, zuerst auf breiter Straße, zuletzt auf schmalem Weg steil durch dichten Wald. Vom Gipfel des Eisenberges fielen die Weingärten in eine Ebene hinab, die sich weit nach Südosten ausdehnte, um dann in der Ferne nahtlos in den Himmel überzugehen. Die bunten Blätter der Rebstöcke strahlten im Licht der Sonne in allen Farben. Neben einem alten Weinkeller, dessen Dachvorbau von kunstvoll gerundeten, grün gestrichenen Hölzern getragen wurde, stand ein Auto mit slowakischem Kennzeichen. Gleich dahinter saß eine Frau im Rollstuhl in der Sonne. Sofort dachte Geigensauer an Gerda Drubovic und seine Vermutung verstärkte sich, je näher er kam. Solange er ihr Gesicht nicht sehen konnte, war er sich aber nicht sicher. Er blieb stehen, stieg ab und ging die paar Schritte zum Rollstuhl hin. Es war Gerda Drubovic.

Als Geigensauer in ihr Blickfeld trat, erschrak sie leicht und sagte dann: „Herr Geigensauer, Sie habe ich hier nicht erwartet."

„Ich bin mit dem Fahrrad unterwegs", entschuldigte Geigensauer seine sportliche Bekleidung.

Sie sah die dunklen Flecken auf Geigensauers verschwitztem Leibchen.

„Der Eisenberg ist höher, als man denkt. Im Südburgenland geht es ganz schön bergauf und bergab. Wollen Sie etwas trinken?"

„Nein. Danke. Nur keine Umstände."

„Die Umstände machen Sie sich selbst. Ich kann hier nicht weg".

Ihr Tonfall bekam wieder die Schärfe, die Geigensauer aus dem ersten Gespräch mit ihr kannte.

„Sicherlich haben Sie Durst. Durch diese Tür kommen Sie direkt in die Küche. Dort steht eine Kiste mit Mineralwasser, Almdudler und Wein. Gläser gibt es im Kasten neben dem Fenster. Bedienen Sie sich!"

Geigensauer zögerte.

„Bitte, bedienen Sie sich! Ich kann ja nicht", sagte sie hart. Geigensauer fand alles wie beschrieben und kehrte mit Almdudler und Glas zurück.

„Ein Klappstuhl lehnt hinter dem Haus an der Wand. Setzen Sie sich zu mir!"

Geigensauer holte den Stuhl, setzte sich neben Gerda Drubovic und trank. Sie schwieg und Geigensauer war sich nicht sicher, ob er die Stille unterbrechen sollte. Schließlich begann Geigensauer: „Im Ort ist man sehr erleichtert, dass die Jugendlichen nicht mehr unter Verdacht stehen."

„Die Polizei ist dumm. Ich habe niemals nur einen Augenblick daran geglaubt, dass sie Lastenecker umgebracht haben, ganz egal, was Erich gesehen hat."

„Es gibt aber genug Gewaltbereitschaft unter Jugendlichen, und die Computerspiele verstärken diese Neigungen noch."

„Mag sein. Doch ich kenne die drei Jugendlichen und ihre Familien. Das sind keine Mörder."

„Unter Drogeneinfluss verändert sich der Charakter eines Menschen."

„Die Jugendlichen feiern Feste, sie spielen laute Musik, sie betrinken sich, sie rauchen. Vielleicht probieren sie auch einmal Drogen. Deshalb sind sie noch keine Mörder."

„Für sehr wahrscheinlich habe ich es auch nicht gehalten, dass sie Lastenecker ermordet haben."

Gerda Drubovic zeigte mit der Hand den Berg hinunter.

„Erich und Soran arbeiten da unten. Soran ist der Sohn von Betka Hanuliankova. Er kommt ein paar Mal im Jahr und hilft uns bei der Arbeit. Solange wir können, wollen wir den Weingarten behalten. Erich liebt seinen Keller und seinen Wein."

„Der Ausblick von hier oben ist einmalig."

Geigensauer liebte diese goldenen Oktobertage.

„Soran hat kein leichtes Schicksal", wechselte Gerda Drubovic das Thema.

„Der Mord an seiner Mutter hat ihn sicherlich schwer getroffen. Weiß er davon, dass Sie glauben, dass sein Vater der Täter ist?", fragte Geigensauer.

„Ich habe nie mit ihm darüber gesprochen und jetzt ist es belanglos. Sorans Vater ist vor vier Wochen bei einem Autounfall gestorben."

Geigensauer schwieg. Was sollte man sagen, wenn sich Unglück nicht an Statistik hielt und sich auf einen Menschen konzentrierte.

„Ich glaube, Erich und Soran kommen zurück."

Auch Geigensauer hörte Stimmen. Aber auf Grund der Steilheit des Hanges konnte man die bergauf kommenden Männer noch nicht sehen. Dann tauchten ihre Köpfe auf und wenige Augenblicke später erreichten sie den Weinkeller.

Erich Drubovic war noch außer Atem.

„Geigensauer, das ist eine freudige Überraschung. Darf ich vorstellen, Soran Hanuliankova, der Sohn von Betka Hanuliankova, Anton Geigensauer."

Soran Hanuliankova war ein schlanker, großer junger Mann, dessen ebenmäßige Gesichtszüge Geigensauer gefielen. Zunächst dachte Geigensauer daran zu kondolieren, aber als er das fröhliche Lächeln von Soran sah, wollte er ihn nicht an den Tod seines Vaters erinnern. Erich Drubovic ließ es sich nicht nehmen, Geigensauer ausgiebig zu bewirten.

Es war schon mitten am Nachmittag, als Geigensauer zu Hause ankam. Die Nachbarskinder spielten wieder mit ihrem Vater Fußball und, da Geigensauer schon sportlich gekleidet war, kickte er gleich mit. Der Vater der Kinder wurde von ihrer Mutter weggerufen, so waren Geigensauer, Julia und Valentin plötzlich beschäftigungslos. Einschießen wollten die Kinder nicht. Da brachte Julia einen Nylonsack herbei, der neben einem Holzstoß gestanden war, und packte seinen Inhalt aus.

„Nicht jetzt", meinte Valentin, der wegen der Unterbrechung ohnehin schon verärgert war. Julia legte jedoch eine alte Konservendose, ein zerbrochenes Marmeladenglas, eine alte Schuhsohle, ein Hemd und eine Hose nebeneinander auf der Wiese.

„Greif doch das Hemd nicht an, wer weiß, wer das getragen hat?", schimpfte Valentin.

„Das haben wir alles bei der Schatzsuche im Wald gefunden."

Dabei deutete Julia auf ihre Fundstücke. Der Vater von Julia kam zurück und sagte erklärend: „Wir haben im Wald ein bisschen Abenteuer gesucht. Den großen Schatz haben wir nicht gefunden. Aber man glaubt gar nicht, was da alles umherliegt."

„Sogar einen ganzen Stiefel haben wir gefunden", fuhr Julia fort, "aber er steckte so tief in der Erde, dass wir ihn nicht mitgenommen haben."

„Den habe ich gestern auch gesehen, während ich im Wald spazieren war", sagte Geigensauer lächelnd. Da erinnerte er sich, warum er in den Wald gegangen war. Er sah die Strohreste auf Hemd und Hose und er war sich sicher, dass das Gewand der Puppe gefunden worden war.

Geigensauer sagte: „Ich glaube, dieses Hemd und diese Hose könnten die Bekleidung der Puppe gewesen sein, die die Jugendlichen vor Lasteneckers Haus gesetzt haben. Es hängen noch Strohreste am Stoff."

„Vielleicht haben Sie Recht", meinte der Vater und betrachtete ungläubig die beiden verdreckten Kleidungsstücke, „dort, wo wir sie gefunden haben, war aber kein Stroh zu sehen."

„Nur ein Stück des Hosenbeines ragte aus dem Laub heraus", sagte Valentin, „ich habe es ganz zufällig gesehen."

„Und ich habe das Hemd entdeckt", sagte Julia, „und ich habe beides eingesteckt, weil Valentin das Gewand nicht anfassen wollte."

„Das habt ihr beide sehr gut gemacht", lobte Geigensauer, „ich werde die Polizei verständigen."

Er ging in sein Haus und rief beim Polizeiposten in St. Michael an. Dann kehrte er zu den anderen in den Garten zurück. Nach einer Viertelstunde trafen Herbert Unger und ein weiterer Beamter ein.

„Guten Abend", sagte Unger, „ist das der Fund?"

Er deutete auf das am Boden liegende Gewand. Sein Begleiter bückte sich und betrachtete Hemd und Hose genauer.

„Wo haben Sie das denn gefunden?", fragte Unger.

„Dort unten."

Der Vater der Kinder deutete in den Wald hinunter.

„Haben Sie sich die Fundstelle gemerkt?"

„Ich glaube schon."

Der Begleiter von Unger hatte sich wieder erhoben und studierte einen Zettel, den er aus seiner Brieftasche genommen hatte. Dann traten er und Unger beiseite und wechselten ein paar Worte miteinander. Es verging eine halbe Stunde, bis Inspektor Timischl mit weiteren Beamten eintraf. Unterdessen hatte sich bereits die ganze Nachbarschaft versammelt. Der Fundort und seine Umgebung wurden von den Polizisten näher untersucht. Das Stroh der Puppe war auf einer größeren Fläche im ganzen Wald verteilt worden. Dann kam Tim, einer der drei Jugendlichen, und bestätigte, dass es sein Hemd und seine Hose waren. Es wurde rasch dunkel. Nachbarn und Polizei verließen bald den Schauplatz. Geigensauer war durch die vielen sportlichen Aktivitäten und die Ereignisse des Abends bis spät in die Nacht hinein hellwach und ging erst kurz nach Mitternacht zu Bett.

Der Euphorie des Abends folgten ein Muskelkater und Abgeschlagenheit am Sonntagmorgen. Es wurde ein strahlender vorletzter Oktobertag. Nach der Sonntagsmesse und dem Mittagessen setzte sich Geigensauer in die Laube um zu arbeiten. Vielleicht war es der letzte Tag des Jahres, an dem man im Freien sitzen konnte. Aber Geigensauer war müde. Papiere und Bücher lagen unbenutzt vor ihm, und die Zeit verstrich. Erich Drubovic kam, seine Frau im Rollstuhl schiebend, vorbei und Geigensauer bat die beiden zu sich in die Laube um ihre Gastfreundschaft zu erwidern.

„Soran ist heute nach dem Essen wieder heimgefahren“, sagte Erich Drubovic, „er ist ein sehr netter, junger Mann. Ich arbeite gerne mit ihm zusammen.“

„Jetzt ist er ziemlich allein und einsam“, Gerda Drubovic nahm eines der angebotenen Kekse, „Geschwister hat er keine. Die nächsten Verwandten wohnen ein paar Ortschaften entfernt.“

„Ein fescher, junger Mann wird doch bald eine tüchtige, junge Frau finden.“

Geigensauer öffnete eine Flasche Rotwein und schenkte ein.

„Was hat er für einen Beruf?“

„Automechaniker. Er will bald die Meisterprüfung ablegen und sich dann selbständig machen. Er ist sehr tüchtig.“

Erich Drubovic nahm einen Schluck Wein.

„Der schmeckt ausgezeichnet.“

Er griff nach der Flasche und studierte die Etikette.

„Es gibt nicht nur am Eisenberg gute Weine.“

„Soran hat letzte Woche die persönlichen Dinge seines Vaters aufgearbeitet. Dabei hat er im Schreibtisch seines Vaters Briefe seiner Mutter gefunden. Ihr letzter Brief erreichte seinen Vater …“, begann Gerda Drubovic.

„Gerda, warum erzählst du das? Das interessiert Herrn Geigensauer vielleicht gar nicht.“

„Ich habe Herrn Geigensauer gesagt, dass ich den Vater von Soran für den Mörder seiner Mutter halte. Jetzt weiß ich aber, dass er es nicht war, und das soll auch Herr Geigensauer wissen."

„Ich habe zwar nicht geglaubt, dass Konstantin Hanuliankova der Täter war. Aber jetzt möchte ich natürlich wissen, warum Sie Ihre Meinung geändert haben."

„In diesem Brief schreibt Betka, dass sie Konstantin den Streit, den sie in Güttenbach hatten, verzeiht. Sie freut sich über seine Entschuldigung und sie sei zu hart zu ihm gewesen. Sie habe über seinen Wunsch nachgedacht. Geld wäre nicht alles. Sie wolle ihre Arbeit in Güttenbach nur noch einen Monat lang fortsetzen und dann beenden."

„Hat sie Ihnen das gesagt?"

„Nein. Weiters schreibt sie, dass sie damit einverstanden ist, dass sie einander am 18. August um elf Uhr bei der Autobahnabfahrt Pinggau-Friedberg treffen."

„Das war der Tag, an dem sie verschwunden ist."

„Ja. An diesem Tag fuhr sie mit dem Bus Richtung Oberwart."

„Sie fuhr aber bis Pinggau", setzte Geigensauer fort, „und traf dort ihren Mann, der seine Fahrt nach Graz unterbrach, und versöhnte sich endgültig mit ihm."

„Genau so war es, und daher ist Konstantin Hanuliankova nicht der Mörder seiner Frau." Gerda Drubovic wirkte erleichtert, als sie das sagte.

„Warum hat er das nicht einfach der Polizei erzählt?", wandte Erich Drubovic ein.

„Vielleicht hatte er Angst, sich verdächtig zu machen. Schließlich wusste er, dass wir den Streit mit seiner Frau beobachtet hatten."

„Aber er hatte doch diesen Brief, der ihn entlasten würde", dachte Geigensauer weiter.

„Die Sache liegt wahrscheinlich einfacher", meinte Erich Drubovic, „ich glaube, die Firma von Konstantin wäre sicherlich nicht begeistert gewesen, wenn er wegen privater Angelegenheiten die Fahrt unterbrochen hätte. Vielleicht hätte er alles gesagt, wenn man ihn wirklich weiter beschuldigt hätte."

„Möglich."

In Geigensauers Kopf kreisten so viele Gedanken, dass er sie nicht ordnen konnte.

„Warum hat Ihnen das Soran erzählt?", wollte Geigensauer dann wissen.

„Er hat vom Streit seiner Eltern gewusst", antwortete Gerda Drubovic. „ Sein Vater hat ihm nie von der Versöhnung erzählt. Er war nach dem Tod seiner Frau sehr schweigsam geworden. Über Betka sprach er nie. Soran war sich nicht sicher, warum sein Vater so still und deprimiert war. War es Reue, weil er seine Frau umgebracht hatte, oder bedrückte es ihn, weil ein Streit ihre letzte Begegnung gewesen war, oder war es Trauer wegen des Todes seiner Frau. Nun weiß Soran, dass sein Vater seine Mutter geliebt und um sie getrauert hat. Das bereitet ihm in all diesem Unglück ein wenig Trost. Das wollte er uns sagen."

„Wer ist dann der Mörder von Betka?", dachte Geigensauer laut nach und Gerda Drubovic antwortete in ihrer einfachen, scharfen Art.

„Sie muss auf dem Heimweg einem Verrückten in die Hände gefallen sein."

„Es muss auf dem Heimweg von Pinggau passiert sein", stimmte Erich Drubovic zu.

Geigensauer hatte seine Gedanken unterdessen wieder geordnet.

„Hat Betka oft Briefe von Konstantin erhalten?", fragte er weiter.

„Meistens einmal pro Woche. Sie hat sie gelesen und sofort verbrannt. Ihr Privatleben war ihr heilig."

„Telefonierte sie nie mit ihrem Mann?"

„Kaum. Handy hatte sie keines, denn sie war sehr sparsam, und unser Telefon verwendete sie nur selten und dann nur für belanglose Gespräche."

„Will Soran nicht wissen, wer der Mörder ist?"

„Doch. Er glaubt auch, dass es ein Verrückter war. Gottes Mühlen mahlen langsam, hat er gesagt. Man wird ihn schon finden."

„Hoffentlich. Warum ist Betka nicht wieder mit dem Bus nach Hause gefahren?“, rätselte Geigensauer weiter.

„Vielleicht hätte sie lange auf den nächsten Bus warten müssen und ist mit einem Bekannten mitgefahren, der gerade vorbeikam.“

Erich Drubovic trank sein Glas leer und Geigensauer schenkte nach.

„Und der Bekannte erschießt sie, bricht ihr ein paar Knochen und wirft sie in das Feld“, setzte Geigenbauer die Überlegung fort. Erich und Gerda Drubovic schüttelten die Köpfe.

„Sie ist per Autostopp mit einem Fremden mitgefahren“, entfuhr es Erich Drubovic.

„Der erschießt sie, beraubt sie nicht, missbraucht sie nicht und bringt sie nach Güttenbach.“

Alle schwiegen.

„Bleibt nur der große Ausländerhasser“, sagte Geigensauer nach einiger Zeit.

„Die Polizei wird ihn finden. Inspektor Timischl hat den Mörder von Lastenecker gefunden, er wird auch den Mörder von Betka finden. Kommt Zeit, kommt Rat.“

Geigensauer war überrascht, dass Gerda Drubovic plötzlich von den Fähigkeiten der Polizei so überzeugt war.

Kaum war der Besuch gegangen, informierte Geigensauer per E-Mail Jörg Drubovic über die neuen Erkenntnisse. Schon bald darauf erreichte ihn die Antwort.

Lieber Anton!

Konstantin Hanuliankova war nicht der Mörder seiner Frau. Den Mord am Leiter der Musikgruppe kann er nicht verübt haben, denn er war an diesem Tag nachweislich mit seinem Truck in Rom. Nur Timischl glaubt noch immer, dass Konstantin der Mörder ist. Timischl meint, dass Konstantin seine Waffe verkauft hat und der Käufer dann den Leiter der Volksmusikgruppe erschossen hat. Lassen wir ihn in seinem Glauben. Aber es ist sehr gut, dass wir nun endlich wissen, wo Betka Hanuliankova tatsächlich hingefahren

ist. Im Anhang schicke ich dir ein Bild von Betka. Du kannst in Pinggau ein wenig schnüffeln. Aber pass bitte auf, dass du nicht enttarnt wirst.
Grüße Jörg

Das Foto zeigte eine unscheinbare, nicht unhübsche Frau von etwas über vierzig Jahren mit dunkelbraunen Augen und schwarzen Haaren. Die Wahrscheinlichkeit, dass jemand das Treffen von Betka und Konstantin beobachtet hatte und sich mehr als ein Jahr später noch daran erinnerte, war nicht sehr groß. Trotzdem musste man in Pinggau nachfragen. Denn eines schien sicher, Betka Hanuliankova war mit ihrem Mörder von Pinggau nach Hause gefahren.

Allerheiligen präsentierte sich mit Nebel und Kälte. Es lag eine düstere Stimmung über dem Kirchenplatz, als sich die Gläubigen nach der kurzen Andacht in der Kirche vor dem Kriegerdenkmal versammelten. Die Feuerwehr nahm Haltung an. Zuerst sang der Chor der Tamburizzagruppe. Dann hielt der Bürgermeister eine kurze Ansprache. Er sprach vom Erhalt des Friedens in Europa und über den Frieden in der Gemeinde. Nach dem Segen des Pfarrers spielte die Blasmusik „Ich hatt' einen Kameraden." Danach marschierte man in einem langen Zug zum Friedhof. Dessen Gräber lagen auf einer Wiese, die steil zu einem Wald anstieg. Während sich die jüngeren Männer rechts von den Gräbern weit hinauf auf den Hang verteilt hatten, standen die alten Leute und die Frauen auf dem Platz vor der Totenhalle.

Plötzlich tippte jemand Geigensauer auf die Schulter. Jörg Drubovic stand hinter Geigensauer. Kaum waren Segen und Gebet vorbei, da verteilten sich die Menschen über den ganzen Friedhof.

„Ich bin nicht deinetwegen hier", sagte Jörg Drubovic, „ich komme das Grab meiner Eltern besuchen. Später schaue ich bei dir einen Sprung vorbei."

Wieder zu Hause dachte Geigensauer über den Mörder von Betka Hanuliankova nach. Wenn der Täter verrückt war, dann war das Verbrechen nicht zu verstehen. Dann nützte der schärfste Verstand nichts und man musste warten, bis der Irre einen Fehler machte. Die Erfahrung ähnlicher Fälle sagte leider, dass dann durchaus die Gefahr bestand, dass der Verrückte noch einmal zuschlagen könnte. Angenommen, der Verbrecher war nicht verrückt. Dann musste es ein Motiv geben. Raub und sexueller Missbrauch schieden aus, Eifersucht auch. Zu erben gab es nichts, Betka war auch keine Spionin.

„Guten Abend, alter Güttenbacher." Drubovic betrat die Küche. „Kannst du im Feuer die Zukunft sehen?"

„Nein, ich habe versucht, mögliche Mörder von Betka Hanuliankova in Kategorien einzuteilen."

Geigensauer richtete sich auf.

„Dann teile mir bitte deine Überlegungen mit."

Drubovic setzte sich.

„Der Mörder könnte ein Spinner sein oder nicht".

„Das gilt für Nichtmörder auch. Aber bitte, ich kann dir folgen."

Drubovic zückte Block und Bleistift, teilte das Blatt durch einen Strich in der Mitte und schrieb als Überschrift jeweils Spinner und Nichtspinner.

„Bleiben wir zunächst bei den Spinnern. Es könnte ein Spinner sein, der auch in anderen Bereichen aus der Norm fällt."

„Wie meinst du das?"

„Etwa ein fünfzigjähriger, allein stehender Mann, der noch bei seiner alten Mutter wohnt und Damenunterwäsche sammelt. Oder ein zwanzigjähriger Student, der eine Internetseite betreibt, auf der man der Hinrichtung von Stubenfliegen beiwohnen kann."

„Die Zahl solcher Spinner ist aber ziemlich groß. Zählst du die Briefmarkensammler, Extremsportler und Vereinsmeier auch dazu?"

„Nein. Aber man könnte doch die auffälligsten näher unter die Lupe nehmen."
„Tu das! Du hast Zeit genug dafür. "
Drubovic zündete sich eine Zigarette an.
„Du sollst nicht so viel rauchen."
„Willst du nicht, dass ich hier rauche?"
„Nein, lass es dir nur schmecken."
„Und die anderen Spinner?"
„Das sind die total Unauffälligen. Der vierzigjährige, glücklich verheiratete Familienvater mit drei Kindern, der in der Freizeit bei der Caritas hilft. Nur einmal im Jahr dreht er durch und erschießt jemanden. Den bekommen wir nur, wenn ihn das nächste Mal jemand sieht."
Drubovic teilte die Spalte Spinner auf seinen Zettel und schrieb: durch Seltsamkeiten aufgefallen bzw. nicht aufgefallen.
„Gut, was ist mit den Nichtspinnern."
„Die brauchen ein Motiv und über das Motiv kann man sie finden. Schreibe auf: Motive, die nicht in Frage kommen."
„Bitte, schon geschehen."
„Geldgier, Sex, Eifersucht, Streit, Erbschaft. Dann Motive, die in Frage kommen: Ausländerhass..."
„Begleichen alter Rechnungen", ergänzte Drubovic.
„Wie meinst du das?"
„Zum Beispiel: Betka war während des Kommunismus bei der Geheimpolizei und hat jemand beim Verhör zu Tode gefoltert. Dessen Sohn hat ihn gerächt."
„Sehr wahrscheinlich, aber bitte."
„Erpressung. Vielleicht hat sie ein Verbrechen gesehen und den Täter erpresst. Oder Notwehr. Sie hat jemanden angegriffen und der hat sich gewehrt."
„Machst du dich über mich lustig?"
„Nein, ich wollte nur, dass du nichts auslässt. Angst fehlt noch. Jemand hatte Angst vor ihr. Bitte, alles fein säuberlich notiert."
Drubovic reichte Geigensauer den Zettel.

„Das nächste Mal schreibst du das Protokoll. Ich muss jetzt fahren. Viel Spaß noch bei der Kontaktaufnahme mit den Spinnern."

Damit verließ er Geigensauer.

Zwei Tage nach Allerseelen fuhr Geigensauer mit der Südburg nach Pinggau. Er stieg direkt unter der gewaltigen Autobahnbrücke aus. Einige Häuser lagen gefährlich nahe an der Brücke. Ein Parkplatz, vollbesetzt mit Autos von Pendlern, die in Fahrgemeinschaften oder per Bus nach Wien gefahren waren, erstreckte sich unter der Brücke. Gegenüber zweigte an einem Kreisverkehr die Auffahrt zur Autobahn ab. Gleich daneben befand sich eine Diskonttankstelle mit Kaffeehaus und auf der anderen Seite lag eine Markentankstelle mit Waschstraße. Im Hintergrund sah er im Nebel die Häuser von Pinggau. Hier war im August Betka Hanuliankova ausgestiegen. All zuviel Platz, um einen Lastwagen abzustellen, gab es hier nicht. Geigensauer spazierte über den Parkplatz an einer der gewaltigen Stützen der Brücke vorbei zur Diskonttankstelle. Von oben hörte er den Lärm, der über die Brücke rasenden Autos. Konstantin und Betka hätten sich im Lastwagen zusammensetzen können. Aber nach seiner Fahrt von Pressburg hierher wollte Konstantin Hanuliankova sich sicherlich eher die Füße vertreten und einen Kaffee trinken. Wenn die beiden nicht von hier fortgefahren waren, dann war es wahrscheinlich, dass sie sich für ein paar Minuten in das Kaffeehaus der Diskonttankstelle gesetzt hatten.

Geigensauer ging an den Zapfsäulen vorbei und betrat die Tankstelle. Er bestellte einen Kaffee und setzte sich an einen der beiden kleinen runden Tische. Er stellte sich vor, dass Betka und Konstantin hier gesessen waren. Vermutlich würden hier vier oder fünf Angestellte abwechselnd arbeiten. Auf einmal trat die Kellnerin an Geigensauer heran.

„Junge Mann wollen Zeitung lesen", sagte sie mit dem typischen Akzent von slawisch sprechenden Ausländern.

„Nein, danke!"

Sie setzte sich an den Nachbartisch und zündete sich eine Zigarette an.

„Du warten auf Freund", begann sie ein Gespräch mit Geigensauer.

„Nein", und um das Gespräch nicht abreißen zu lassen fragte er, „Sie arbeiten schon lange hier?"

„Carmen zwei Jahre hier sein. Jede Woche Mittwoch bis Freitag, Carmen schlafen da hinten." Sie zeigte auf eine Tür, die vom Verkaufsraum in die hinten liegenden Räumlichkeiten führte.

„Samstag bis Dienstag Carmen wieder nach Haus in Slowakei, dort Mann und fünf Kinder." Dabei hob sie stolz die linke Hand und zeigte ihre fünf Finger.

„Du warten auf Bus nach Friedberg?"

„Nein, ich fahre mit dem Bus nach Oberwart."

„Du aber gekommen mit Bus von Oberwart!"

Offensichtlich hatte sie seine Ankunft beobachtet.

„Du treffen hier Freundin", beantwortete sie gleich selbst ihre Frage.

„Wenn Hausbau fertig, Carmen in Slowakei bleiben", setzte sie fort, „Carmen am Abend hier Angst haben, könnte Mann kommen, Geld nehmen oder von Carmen was wollen."

Sie stand auf.

„Chef kommen."

Ein großer Geländewagen mit Anhänger war vorgefahren. Ein bärtiger Mann in Lederjacke kam energisch herein, warf wortlos einen kurzen Blick auf Geigensauer und sagte: „Carmen, das Frostschutzmittel aus dem Anhänger ausladen und neben dem Eingang aufbauen."

Carmen nahm ihre Jacke und ging an die Arbeit. Der Chef nahm sich einen Kaffee und las im Stehen in der Zeitung. Währenddessen hatte Carmen die Kartons mit dem Frostschutzmittel schon ausgeladen. Das Handy des Chefs meldete sich mit dem Klingelton „We are the champions". In einem lachenden Tonfall versicherte er einem Bertl, günstige Winterreifen für ihn beiseite gelegt zu haben. Ohne Geigensauer eines Blickes zu würdigen, verließ er den Raum. Draußen wechselte er noch ein paar Worte mit Carmen, dann fuhr er mit quietschenden Reifen davon. Carmen kam wieder herein.

„Freundin hat Sie sitzengelassen?", fragte sie, während sie sich die Hände rieb, um die kalten Finger aufzuwärmen.

Geigensauer nahm das Foto von Betka Hanuliankova aus seiner Tasche, ging zu Carmen und wollte es ihr zeigen. Noch bevor er dazukam, sagte Carmen: „Deine Freundin, ich ihr sagen, du hier gewesen."

Carmen nahm das Foto, sah es sich an und sagte:

„Ich kennen diese Frau. Aber sie sein tot, umgebracht."

Sie blickte misstrauisch auf Geigensauer, der einige Sekunden benötigte, um seine Überraschung zu meistern.

„Du Polizist?", fragte sie.

„Nein."

„Seien du Sohn?"

„Nein, nur Freund."

Carmen blickte wieder freundlicher.

„War nette Frau. Vorigen Sommer sie hier Mann getroffen. Sie mit Bus gekommen, er mit Truck. Hier geplaudert, dann Mann abgefahren und sie zur Busstation gegangen. Lange kein Bus gekommen. Dann sie kommen wieder zurück zur Tankstelle, bei Kreisverkehr Auto von Autobahn kommen, stehen bleiben und sie mitnehmen."

„Das wissen Sie heute noch?", wunderte sich Geigensauer.

„Mann und Frau waren aus Slowakei. Wir geplaudert ein bisschen. Außerdem zehn Tage später Polizei kommen nach ihr fragen, weil jemand umgebracht sie."

Geigensauer war sehr verblüfft.

„Die Polizei war bei Ihnen?"

„Ja. Carmen immer gut aufpassen. Auto, in das Frau einsteigen, war silberner Skoda Fabia mit Kennzeichen GS. Nummer ich nicht lesen konnte. Ich alles Inspektor Timischl sagen. Aber scheinbar es hat nicht geholfen. Täter nicht gefunden."

Geigensauer war endgültig sprachlos.

„Du Täter suchen?", fuhr Carmen fort.

„Ja, nein, ja."

Geigensauer merkte gar nicht, was er sagte. Er trat zur Seite, weil eine weitere Kundschaft zahlen kam. Als der Kunde gegangen war, fragte Carmen: „Warum du suchen Täter?"

„Ich bin ein Freund des Sohnes der Ermordeten", log Geigensauer, „vielleicht hat die Polizei doch nicht alles gesehen. Ihr Sohn will es noch einmal versuchen. Ich helfe ihm dabei."

„Dann ich wünschen viel Erfolg."

Geigensauer zahlte und ging langsam und nachdenklich zurück zur Bushaltestelle.

Warum hatte Timischl dieses Verhör verschwiegen? Warum verdächtigte er noch immer Konstantin Hanuliankova der Tat? Warum wurden keine Bemühungen angestellt, den Fahrer des silbernen Skoda mit Güssinger Kennzeichen auszuforschen? In Gedanken verloren machte er sich auf den Heimweg, um seine Entdeckungen an Drubovic zu melden.

Am Samstagvormittag erhielt Geigensauer ein E-Mail von Jörg Drubovic.

Lieber Anton!

Gratuliere! Ich bin mehr als überrascht von Timischls Benehmen. In keinem Bericht steht auch nur ein Satz über die Vernehmung von Carmen. Trotzdem wollen wir Timischl vorerst nicht darauf ansprechen. Zum Zeitpunkt des Verschwindens von Betka Hanuliankova waren im Bezirk Güssing vier silberne Skoda Fabia gemeldet: einer in Güttenbach, einer in Güssing, einer in St. Michael und einer in St. Michael-Bergen. Der Skoda in St. Michael-Bergen wurde vor drei Monaten abgemeldet und nicht mehr angemeldet. Die genauen Daten sind im Anhang aufgelistet. Geh bitte deine Nachforschungen nicht zu energisch an! Dein kriminalistischer Auftrag soll keinesfalls entdeckt werden. Grüße Jörg

Geigensauer interessierten in erster Linie die Namen der Besitzer aus Güttenbach und St. Michael: Reinhard Drustotic und Adalbert Objedic. Dabei hatte Adalbert Objedic unterdessen die Automarke gewechselt. Zunächst galt es also, diese Herren näher kennenzulernen ohne aufzufallen.

Am Nachmittag hatte der Güttenbacher Fußballverein sein Heimspiel gegen Kirchfidisch. Das war eine gute Gelegenheit, weitere Kontakte zu knüpfen. Gegen drei Uhr schwang sich Geigensauer auf sein Fahrrad. In der feuchten Kälte des Novembers war Fahrradfahren kein Vergnügen mehr. Der Sportplatz lag außerhalb der Ortschaft von Wald umgeben.

Als Geigensauer eintraf, entnahm er dem Gebrüll der Zuschauer, das nur vom schrillen Ton des Schiedsrichterpfeiferls übertönt wurde, dass das Spiel schon im Gange war. Der Parkplatz war vollständig besetzt, und Geigensauer konnte auf einen Blick einen silbernen Skoda Fabia ausmachen. Eine größere Gruppe von Zuschauern stand vor der Kantine, die anderen hatten sich entlang der Linien verteilt. Auf einer benachbarten Wiese probierten einige kleine Buben ihre Fußballkünste. Geigensauer stellte das Fahrrad hinter der Kantine ab. Sein erster Blick auf die Zuschauer blieb an der grauen Haarpracht von Hofrat Münster hängen. Dieser stand, mit zwei anderen Männern heftig gestikulierend, in der Nähe des Güttenbacher Tores. Geigensauer gesellte sich zu ihnen.

„Oh, Herr Geigensauer interessiert sich für Fußball“, tat Hofrat Münster überrascht.

„Warum nicht? Wie steht es?“

„2:1 für Güttenbach. Es muss bald Halbzeit sein. Heute könnten wir gewinnen. Wie geht es Ihnen mit Ihrer Doktorarbeit?“

„Danke, sehr gut. Ich habe einiges weitergebracht.“

„Hier in Güttenbach haben Sie sicher Zeit genug.“

Kirchfidisch trug einen schnellen Angriff vor, ein Stürmer drang mit dem Ball bis in den Güttenbacher Strafraum ein. Er wurde von zwei Verteidigern attackiert, fiel und blieb liegen.

„Schwalbe, Schwalbe. Steh auf du Memme!“, brüllte ein Dicker neben Hofrat Münster, „was macht er denn? Er gibt einen Elfmeter, der spinnt. Die haben ihn doch gar nicht berührt.“

Aber der Schiedsrichter deutete ungerührt durch das Pfeifkonzert der Güttenbacher auf den Elferpunkt.

Der dicke Mann drehte sich zu Geigensauer und fragte: „War das ein Elfmeter?“

„Schwer zu sehen gewesen“, erwiderte Geigensauer.

„Schwer zu sehen gewesen“, äffte der Dicke ihn nach. “Es war keiner! Der Stürmer soll im Burgtheater auftreten, aber nicht hier.“

„Gustav wird ihn schon halten“, meinte ein anderer beruhigend.

Unterdessen hatte sich der Schütze den Ball am Elferpunkt schon zurechtgelegt.

„Gustav, du hältst ihn“, brüllte der Dicke dem Güttenbacher Tormann zu.

Der Schütze lief an, schoss und der Ball flog über die Querlatte Richtung Wald.

„So darf er schießen“, meinte Hofrat Münster grinsend. Der Dicke trat ein paar Schritte in das Spielfeld und brüllte Richtung Schiedsrichter: „Dein Glück, dein Glück!“

Hofrat Münster zog den Dicken wieder aus dem Spielfeld heraus: „Komm, Adalbert, es ist gleich Halbzeit.“

Wenig später erfolgte der Pausenpfiff des Schiedsrichters. Adalbert trat dicht an Geigensauer heran und sagte: „Ich bin ein echter Anhänger von Güttenbach. Ich sehe jedes Spiel. Wir lassen uns unseren Sieg von so einem Pfeifenmann nicht nehmen. Nein, Herr Geigensauer.“

Dabei packte er einen Unterarm von Geigensauer. „Da kann ich mich nicht zurückhalten. Das musste aus mir heraus.“

Geigensauer befreite seinen Arm vorsichtig aus der Umklammerung.

„Sind wir Ihnen zu wenig fein hier am Fußballplatz?“, fuhr Adalbert fort.

„Nein, ich habe in Wien bei einem Verein gespielt."
„Und wie gefallen Ihnen die Güttenbacher."
„Sie spielen recht brav."
„Brav. Sie müssen sich hineinbeißen, die Burschen. Sie müssen das Letzte geben."
„Komm, Adalbert, gehen wir auf ein Bier!", unterbrach Hofrat Münster. So gingen Geigensauer, Adalbert und Hofrat Münster zur Kantine. Kaum hatten sie das Bier gekauft, trat ein kleiner Mann energisch an Adalbert heran.
„Grüß Gott, Herr Zanits", sagte er und zog Adalbert in ein Gespräch über einen Wald, der geschlägert werden sollte. Leider war der fanatische Anhänger also nicht Adalbert Objedic, sondern Adalbert Zanits.
„Ich möchte mir vielleicht ein Auto kaufen. Im Winter werde ich mit meinem Fahrrad doch nicht auskommen", wandte sich Geigensauer an Hofrat Münster.
„Gebraucht oder neu?"
„Wahrscheinlich gebraucht. Ich möchte nicht zu viel Geld ausgeben."
„Dann kommen Audi oder BMW nicht in Frage. VW ist ein guter Gebrauchtwagen."
„Und Skoda oder Seat?"
„Über Seat weiß ich nichts. Aber Skoda ist nicht schlecht. Reinhard Drustotic fährt schon mehrere Jahre lang einen Skoda Fabia. Reinhard, komm einmal her!"
Er rief einen Mann, der nicht weit von den beiden in der Menge stand.
„Reinhard, Herr Geigensauer möchte sich ein Auto kaufen. Bist du mit deinem Skoda zufrieden?"
„Drustotic", stellte sich der junge Mann vor. Er war noch keine dreißig Jahre alt, weitsichtig, denn seine gutmütigen Augen wurden durch die Brille unnatürlich vergrößert.
„Doch, ich bin mit meinem Skoda sehr zufrieden. Er hatte noch keine Panne und ich fahre sehr viel. Ich pendle jede Woche nach

Wien. Bei Güssing gibt es einen Skodahändler, dort könnten Sie einmal vorbeischauen."

Reinhard Drustotic ging wieder zu seiner Gesprächsrunde zurück.

„Ist Reinhard mit Inspektor Timischl verwandt?", wandte sich Geigensauer wieder an Hofrat Münster.

„Nein, wieso?"

„Ich dachte, er sieht ihm ähnlich. Kennen Sie Adalbert Objedic?"

„Nur flüchtig, er ist aus St. Michael. Er ist mit der Schwester von Inspektor Timischl verheiratet. Er ist Versicherungsvertreter."

Hofrat Münster blickte sich um. „Er steht dort rechts neben dem Bürgermeister am Spielfeldrand."

Adalbert Objedic war ein unscheinbarer Mann. Der graue Anzug des Mitarbeiters einer Versicherung begleitete ihn bis zum Fußballspiel. Das einzig Auffällige an ihm war seine schmale, spitze Nase.

Die Mannschaften kehrten aus den Kabinen auf das Feld zurück und auch die Zuschauer nahmen ihre Plätze wieder ein. Das Spiel ging weiter. Aber je länger es dauerte, desto mehr entfernte es sich von einem Fußballspiel. Fouls, Einwürfe und Kopfballduelle beherrschten das Geschehen. Es fiel kein weiteres Tor.

Geigensauer fuhr nicht sofort nach Spielschluss nach Hause, er kaufte sich noch ein Bier in der Kantine und beobachtete die abfahrenden Autos. Reinhard Drustotic bestieg tatsächlich einen silbernen Skoda Fabia. Adalbert Objedic brauste in einem weißen BWM davon.

Als Geigensauer zu Hause ankam, war es bereits dunkel, und es war ihm ziemlich kalt. Er heizte den Badeofen ein und nahm ein Vollbad. In der wohligen Wärme des Wassers ließ er seinen Gedanken freien Lauf. Der Versicherungsvertreter Adalbert Objedic beflügelte seine Phantasie am meisten. Geigensauer stellte sich vor, wie Objedic von Wien kommend in Pinggau Betka Hanuliankova mitnahm. Dann tötete er sie und versteckte sie im Maisfeld. Nein,

Geigensauer konnte sich nicht vorstellen, dass Inspektor Timischl einen Mord seines Schwagers vertuschen würde. Welchen Vorteil hatte Timischl, wenn er das Ergebnis seiner Erkundigungen in Pinggau verheimlichte? Geigensauer kam zu keiner vernünftigen Lösung.

Am Sonntag nach dem Mittagessen fuhr Geigensauer wegen der herrschenden Kälte mit Handschuhen und Haube bewaffnet mit dem Fahrrad nach St. Michael-Bergen zu der Adresse, die für den abgemeldeten Skoda Fabia angegeben worden war. Als er über die Felder Richtung Flughafen radelte, verstärkte ein leichter Südostwind die Kälte. Bald ging es steil bergan und endlich wärmte die Anstrengung. An einer Kuppe stand ein Gedenkstein, der an einen Blitzschlag erinnerte. Die Straße führte danach direkt den Kamm einer Hügelkette entlang durch dichten Nebel. Bald hatte er die Hausnummer gefunden. Nur ein schmaler Vorgarten lag zwischen dem kleinen, ebenerdigen Haus mit den drei Fenstern und der Straße. Neben dem Haus stand auf einem überdachten Abstellplatz ein silberner Skoda Fabia ohne Nummerntafel. Zunächst fuhr Geigensauer langsam vorbei. Nach rund einem Kilometer kehrte er um und fuhr wieder zurück. Nun blickte er genauer hin. Er hatte sich nicht geirrt. Hinter der Windschutzscheibe des Wagens stand ein Schild mit der Aufschrift: Zu verkaufen. Geigensauer blieb stehen, lehnte sein Fahrrad an und läutete. Das Bellen eines Hundes war zu hören, sonst rührte sich nichts. Geigensauer läutete noch einmal. Diesmal glaubte er auch eine Bewegung der weißen Vorhänge zu sehen. Gerade als er wieder aufsteigen und wegfahren wollte, öffnete sich seitlich die Türe, ein größerer schwarzer Hund flitzte bellend heraus, lief zu Geigensauer hin und sprang gegen den Zaun. Eine alte, schwarz gekleidete, leicht gebückte Frau folgte dem Hund einen Schritt aus der Tür heraus und band sich ihr schwarzes Kopftuch fest.

„Was wollen Sie denn?“, fragte sie mit hoher zittriger Stimme.

„Ich hätte Interesse, den Wagen zu kaufen“, erwiderte Geigensauer. Er war sich aber nicht sicher, ob die alte Frau ihn neben dem Hundebellen hören konnte.

„Ruhig Harras, komm her!“, rief die alte Frau und überraschenderweise gehorchte der Hund und lief zu ihr zurück.

„Ich hätte Interesse an dem Auto“, wiederholte Geigensauer.

„Ach so, das Auto.“ Sie schloss die Türe. „Sie können ruhig herein kommen und es sich anschauen.“

Die alte Frau kam langsam zum Zaun und öffnete die Tür. Nachdem der Hund Geigensauers Hände abgeschleckt hatte, lief er in den Garten nach hinten.

„Er steht zwar schon ein halbes Jahr hier, aber er ist in gutem Zustand. Wir sind ja nicht viel gefahren. Am Sonntag zur Messe und einmal in der Woche zum Hofer nach Güssing.“

“Wie alt ist er?“, fragte Geigensauer, als er die Rostflecken bei den hinteren Radkästen sah.

„Zehn Jahre. Aber wir sind nur 40000 km gefahren. Das Pickerl gilt noch bis Februar.“

Geigensauer schaute sich den Wagen von allen Seiten an.

„Nachdem mein Mann gestorben war, wollte ich den Wagen gleich verkaufen. Ich habe keinen Führerschein. Mein Sohn hat immer gesagt, den Rostkübel kauft dir keiner ab. Aber so schlimm ist es doch gar nicht. Es ist ja nur ein bisschen Rost da hinten.“

Sie zeigte auf die Rostflecken.

„Was soll er kosten?“, wollte Geigensauer wissen.

„Zweitausend Euro habe ich mir schon vorgestellt.“

„Für 1500 Euro würde ich ihn kaufen“, sagte Geigensauer.

„Kommen Sie einen Sprung herein! Da können wir das besprechen. Draußen ist es ziemlich kalt.“

Sie ging ins Haus hinein und Geigensauer folgte ihr. In der Küche wurde ihm ein Platz angeboten.

„Wollen Sie einen Nussstrudel? Ich habe heute gebacken. Mein Sohn wollte ursprünglich kommen.“

„Danke!“ Geigensauer hatte tatsächlich Appetit auf einen hausgemachten Strudel. Er bekam ein großes Stück, so frisch, dass es noch leicht warm war. Dann ging die alte Frau auf den Gang hinaus und Geigensauer hörte sie telefonieren.

Als sie zurückkam, sagte sie: „Wollen Sie einen Schluck Wein?"

„Bitte!"

Sie öffnete den Kasten neben der Abwasch, holte einen schon geöffneten Doppler Rotwein hervor und schenkte Geigensauer und sich je ein Glas ein, das sie vorher mit dem Geschirrtuch noch glänzend poliert hatte.

„Mein Sohn hat gesagt, das geht in Ordnung. Sie können den Wagen um 1500 Euro haben. Ich kenne mich mit solchen Dingen nicht aus. Er wird am Dienstag am Nachmittag vorbeikommen. Dann könnten wir den Kauf fixieren."

„In Ordnung", sagte Geigensauer mit vollem Mund. Sie nahm ein Stück Papier und einen Kugelschreiber.

„Schreiben Sie mir bitte Ihren Namen und Ihre Adresse auf!"

Geigensauer kam ihrem Wunsch nach und reichte ihr das Papier.

„Geigensauer. Sie sind aber nicht von hier", sagte sie erstaunt.

„Nein. Ich bin aus Wien. Ich betreibe die Wetterstation in Güttenbach."

„Der Wetterbericht im Fernsehen stimmt für uns selten. Bei uns ist alles einen Tag später als prognostiziert."

„Der Strudel ist ausgezeichnet", Geigensauer war begeistert.

„Ich gebe Ihnen ein Stück mit. Ich darf nicht zu viel davon essen wegen des Zuckers."

Sie stand auf und verpackte ein großes Stück Strudel für Geigensauer. Es war schön, dass die Gastfreundschaft hier so hoch gehalten wurde.

„Der Mord an dem Friseur in Güttenbach ist Gott sei Dank aufgeklärt worden. Wir haben tagelang nur darüber gesprochen", sagte die alte Frau und gab Geigensauer den Strudel.

„Inspektor Timischl ist sehr tüchtig", lobte Geigensauer, "aber die anderen beiden Morde sind noch nicht aufgeklärt.

„Ja leider. Aber Inspektor Timischl hat alles getan, was er konnte."

„Vielleicht."

„Sicher sogar. Er war sogar bei uns nachschauen, ob die ermordete Slowakin nicht von meinem Mann im Auto mitgenommen worden ist. Und das war doch ein bisschen übertrieben, wo wir nur zur Kirche und zum Hofer fuhren."

„Die Polizei muss gründlich sein."

„Er hat sich später bei uns entschuldigt. Er war einem falschen Hinweis nachgegangen."

Die Frau hieß Magdalene Tacher. Die Küche war überheizt, und als Geigensauer das Haus verließ und nach Hause radelte, fror er in der kalten Nebelluft. Geigensauer war glücklich. Er würde ein Auto bekommen, und die Nachforschungen machten Fortschritte. Herr Tacher hatte Betka Hanuliankova wohl nicht mitgenommen. Spät in der Nacht – Geigensauer schlüpfte in seinen Schlafsack - verhüllte der Nebel schon die Nachbarhäuser.

Tatsächlich konnte Geigensauer den Kauf am Dienstag durchführen. Er wollte den Wagen bei der Versicherung anmelden, bei der Adalbert Objedic Vertreter war. Geigensauer nahm über Erich Drubovic mit Objedic Kontakt auf. Dienstag am Abend kam Objedic im grauen Anzug, umgeben von einer Wolke männlichen Duftes, zu Geigensauer. Sein Händedruck war feucht und warm. Die Nase war auch aus der Nähe sehr schmal und spitz, die Augen waren klein und verharrten für kaum einen Augenblick an einer Stelle. Geigensauer gelang es nicht, ihm in die Augen zu sehen. Er bot ihm einen Platz an und brachte ihm ein Glas Mineralwasser. Objedic holte sogleich einen Stoß von Formularen aus seinem Aktenkoffer.

„Haben Sie schon den Typenschein? Und einen Meldezettel benötige ich auch!"

Geigensauer gab ihm die gewünschten Dokumente. Er konnte sich einer gewissen Aufregung nicht erwehren, wenn er daran dachte, dass dieser Mann vielleicht der Mörder von Betka Hanuliankova war.

„Einen Skoda Fabia bin ich früher auch gefahren“, sagte Objedic. Er hob kurz den Kopf und sein unsteter Blick glitt über Geigensauer.

„Das ist kein schlechter Wagen. Der Motor ist ausgezeichnet. Aber seit ich für die Versicherung arbeite, fahre ich einen BMW. Das ist doch viel bequemer. Bei dem Alter ihres Wagens rate ich Ihnen weder zu einer Voll- noch zu einer Teilkaskoversicherung.“

„Nein, bitte nur Haftpflicht.“

Den ganzen Tag über hatte Geigensauer schon vergeblich darüber nachgedacht, wie er dieses Gespräch verwenden könnte, um in seinen Nachforschungen voranzukommen. Aber es war ihm kein guter Einfall gekommen.

„Aber eine Rechtsschutzversicherung könnte ich Ihnen empfehlen.“ Wieder hob Objedic seinen Kopf und sein Blick fuhr wie der Lichtstrahl eines Leuchtturms über Geigensauers Gesicht hinweg.

„Danke. Ich glaube einen Rechtsschutz benötige ich nicht.“

„Bitte, eine Unterschrift.“

Objedic reichte Geigensauer den Versicherungsvertrag und dieser unterschrieb.

„Haben Sie sich gut eingelebt in Güttenbach?“, fragte Objedic, während er alles zusammenpackte.

„Der Mord an Lastenecker war ein bisschen ein Schock für mich. Es war alles so friedlich hier.“

Objedic trank das Glas halb leer.

„Solange in Güttenbach nur Güttenbacher leben, wird es hier auch friedlich bleiben.“

Der Blick von Objedic ging rechts an Geigensauers Kopf vorbei. Geigensauer drehte sich um und blickte auch in diese Richtung. Aber er sah dort nur die weiße Wand.

„Hoffentlich glauben Sie nicht, dass auch ich Unfrieden nach Güttenbach bringe?“, fragte Geigensauer schmunzelnd.

„Nein, Sie doch nicht“, lächelte Objedic ungezwungen zurück. Für einen Moment begegneten die Augen der beiden Männer einander.

„Morgen gegen Mittag bringe ich Ihnen dann die Zulassung und die Nummerntafeln."

Objedic trank sein Glas leer.

„Inspektor Timischl war sehr tüchtig im Fall Lastenecker", fuhr Geigensauer fort. Er wollte Objedic noch nicht gehen lassen.

„Ja. Er ist sehr eifrig. Übrigens bin ich mit seiner Schwester verheiratet."

„Aber bei der Aufklärung der anderen beiden Morde hat er bisher noch kein Glück gehabt."

„Diese Morde haben nichts mit Güttenbach zu tun. Betka Hanuliankova wurde möglicherweise von ihrem Mann umgebracht. Da gab es vorher Streit. Man konnte ihm nur nichts nachweisen. Und der Leiter der slowakischen Volkstanzgruppe wurde von einem eifersüchtigen Zigeuner seiner eigenen Kapelle umgebracht."

„Und diese Plakate mit der Aufschrift ‚Ausländer raus'?"

„Keine Ahnung. Es wird wohl ein Rätsel bleiben."

Objedic schloss seinen Aktenkoffer.

„Ich frage mich nur, wie Betka Hanuliankova von Oberwart in das Maisfeld gekommen ist."

„Das haben wir uns damals auch gefragt und keiner ist zu einer Antwort gekommen. Beschäftigen Sie sich gern mit Kriminalfällen?"

Objedic fasste mit der Hand den Griff seines vor ihm liegenden Aktenkoffers.

„Eigentlich nicht. Aber, nachdem mir Erich Drubovic alles erzählt hat, lässt mir meine Neugierde keine Ruhe. Betka Hanuliankova kann doch kaum im belebten Oberwart umgebracht worden sein. Mit dem Bus ist sie nicht zurückgefahren. Also muss sie jemand mit dem Auto mitgenommen haben. Ich glaube nicht, dass sie mit einem Fremden mitgefahren ist. Sie kannte aber hier fast nur Güttenbacher. Ist es nicht nahe liegend, dass sie von einem Güttenbacher mitgenommen wurde."

Objedic nahm die Hand wieder vom Griff seines Aktenkoffers, verschränkte die Arme vor der Brust und lehnte sich zurück.

„Durchaus“, antwortete er, „aber ich denke, es war ihr Mann. Sie traf sich mit ihm. Er brachte sie um. Und ein, zwei Tage später legte er sie dann ins Maisfeld.“

„Und angenommen, es war doch ein Güttenbacher. Er bleibt mit einem silbernen Wagen stehen und nimmt sie mit …“

Kaum hatte Geigensauer diesen Satz gesagt, sah er schon, dass er zu weit gegangen war. Objedic starrte ihn plötzlich scharf an und sein Blick war voller Angst. Er nahm seinen Aktenkoffer und stand auf: „Ich muss jetzt gehen. Bis morgen.“

Sein Blick war unsteter denn je. Er hat Betka Hanuliankova mitgenommen, dachte Geigensauer erfreut. Doch die Freude dauerte nicht lange an. Er hatte sich zu weit vorgewagt. Hatte Objedic Verdacht geschöpft? Sollte er Jörg Drubovic informieren? Nein. Er hatte Objedic schon vor ihrem Gespräch verdächtigt und vielleicht hatte er daher dessen Verhalten viel zu einseitig betrachtet.

Später in der Dunkelheit des dichten Nebels durch die Arkaden vom Arbeitszimmer ins Haus zurückgehend überfiel ihn schlagartig Angst. Wenn nun Objedic der Mörder war und sich nun bedroht fühlte? Möglicherweise stand er schon draußen im Nebel und wartete auf eine Gelegenheit, Geigensauer umzubringen. Er sah sich schon neben seinem Computer am Boden liegen. Er schloss das erste Mal, seit er in Güttenbach war, die Eingangstüre bewusst ab. Bevor er sich in seinen Schlafsack einrollte, legte er seine Pistole neben sich unter das Bett.

Am nächsten Tag war die Angst verflogen. Gegen elf Uhr brachte Objedic die Nummerntafeln und die Zulassung. Objedic verhielt sich völlig unauffällig, sodass Geigensauer die berechtigte Hoffnung hatte, dass die Erwähnung des silbernen Autos doch keine Folgen hatte. Das Angebot von Objedic, ihn nach St. Michael-Bergen zu bringen, lehnte er jedoch ab. Gleich nach dem Mittagessen setzte er sich auf das Fahrrad und radelte los. Diese Ausfahrt würde wohl seine letzte vor dem Winter werden. Die Hände froren ihm am Lenker fast fest. Frau Tacher empfing ihn sehr herzlich.

Natürlich war die Starterbatterie des Skoda Fabia leer und Geigensauer musste den Pannendienst anrufen. Endlich gegen vier Uhr zu Hause angekommen, hatte er auch noch eine neue Starterbatterie gekauft. Die alte wäre über Nacht sicherlich wieder zusammengebrochen. Stolz stellt er seinen Wagen in der Einfahrt neben der Laube ab. Der Südostwind hatte weiter aufgefrischt und blies eisig über die Dächer. Auf der benachbarten Wiese ließ Julia einen leeren Müllsack wie einen Drachen steigen. Sie kam zum Zaun gelaufen.

„Haben Sie sich ein Auto gekauft?“, fragte sie.

„Gefällt es dir?“

„Das Silber glänzt schön. Aber es rostet ja schon.“

„Macht nichts, dafür war es billig.“

„Sie haben Besuch gehabt, während Sie fort waren“, sagte Julia und ließ ihren Müllsack wieder steigen, „der große Polizist, der neulich hier war, als wir das Gewand im Wald gefunden hatten.“ Sie lief dem davonfliegenden Sack nach.

Timischl war hier gewesen. Warum? Geigensauer wurde sehr nachdenklich.

Atemlos kehrte Julia zurück. „Er kam aus dem Wald“, fuhr sie fort.

„Aus dem Wald?“

„Ich spielte und versteckte mich zwischen den Holzstößen, damit mich mein Opa nicht sehen konnte, während er den Bioabfall auf den Misthaufen trug. Dann hörte ich es im Wald im Laub rascheln und sah den Polizisten. Vor Schreck blieb ich gleich in meinem Versteck. Ich mag Polizisten nicht.“

„Vielleicht hat er noch einmal den Wald abgesucht. Möglich, dass noch etwas vom Gewand der Puppe fehlte.“

„Nein, er wartete am Waldrand einige Zeit. Dann ging er zu Ihrem Haus und verschwand in dem Raum bei den Arkaden.“

Geigensauer war entsetzt. Julia ließ ihren Sack wieder steigen. Aber diesmal erfasste ihn der Wind nicht und er segelte zu Boden.

„Darf ein Polizist fremde Häuser betreten?", fragte Julia.

„Natürlich", antwortete Geigensauer, ohne die Frage von Julia wirklich zur Kenntnis genommen zu haben.

„War er lange in meinem Haus?"

„Nein, nur ganz kurz. Dann lief er durch den Wald weg und gleich darauf kamen Sie zurück."

„Hat er dich gesehen?"

„Nein, ich kann mich gut verstecken."

Geigensauer hob den Müllsack auf und sagte: „Du musst vom Holzstoß starten."

Er kletterte auf einen der Holzstöße, richtete sich ganz auf und hielt den Sack in den Wind. Er segelte eine weite Strecke durch den Garten. Julia lief hinterher. Geigensauer eilte zu seinem Arbeitszimmer. Die Tür war verschlossen. Aber das Schloss war so einfach, dass man es mit jedem besseren Sperrhaken öffnen konnte.

Geigensauer trat ein und das erste Mal in seinem Leben war er mit Windows zufrieden. Vom Bildschirm leuchtete ihm das Fenster mit den Wahlmöglichkeiten „Standby, Ausschalten, Neu starten" entgegen. Timischl hatte in der Eile seines Aufbruches den letzten Button mit der Maus nicht genau genug angeklickt. Geigensauer startete den Computer. Die E-Mails zwischen ihm und Jörg Drubovic waren im Outlook noch vorhanden. Hatte Timischl Zeit genug gehabt sie zu lesen? Geigensauer löschte sie alle. Hoffentlich war die Mühe nicht zu spät. Sehr lange konnte Timischl nicht beim Computer gewesen sein. Julia ist sicher höchstens zwei oder drei Minuten zwischen ihren Holzstößen geblieben. Wie oft hatte sich Geigensauer darüber geärgert, dass der Computer so lange zum Hochfahren benötigte. Jetzt war er ihm dankbar dafür.

Er startete neu und stoppte die Zeit. Es dauerte über zwei Minuten, bis das Gerät betriebsbereit war. Timischl hatte also nicht viel am Computer lesen können. Wenn Timischl am helllichten Tag in sein Haus eindrang, dann war bestimmt Feuer am Dach. Geigensauer ging in die Küche hinüber und versuchte Jörg Drubovic anzurufen. Unter seiner Büronummer meldete sich niemand und auch am Handy erreichte er ihn nicht. Geigensauer sprach auf die Mail-Box und wartete auf Antwort. Er ging in der Küche auf und ab. Objedic und Timischl steckten also unter eine Decke. Timischl wusste nun wahrscheinlich, dass Geigensauer zu den Ermittlern gehörte. Sollten die beiden wirklich in die Morde verwickelt sein, dann war die Lage für ihn gar nicht ungefährlich.

Dieser Meinung war auch Jörg Drubovic, als er Geigensauer zurückrief und dieser ihm alles erzählt hatte.

„Ich bin sehr beunruhigt", meinte er, „ich breche sofort nach Güttenbach auf. Verlasse das Haus nicht und fahre mir nach Oberwart entgegen!"

Während Geigensauer aufbrach, kam ihm noch eine Idee. Wenn Timischl keine Zeit gehabt hatte, den Inhalt seines Computers näher zu untersuchen, dann würde er wieder kommen.

Es war schon dunkel, als Geigensauer zu Objedic fuhr. Er brachte ihm das Geld für die Anmeldung des Autos, das er am Vormittag nicht bei sich gehabt hatte. Dabei erzählte er ihm, dass er zur Feier des Tages mit dem neuen Auto zu einem Diavortrag über die Osterinseln ins Kulturzentrum nach Oberschützen fahren würde.

Auf dem Güterweg nach Mischendorf war der Nebel stellenweise so dicht, dass er im Schritttempo fahren musste. Geigensauer ließ seiner Phantasie freien Lauf. Angenommen, Objedic hatte Betka Hanuliankova mitgenommen und aus unbekannten Gründen ermordet. Er oder seine Frau baten Timischl um Hilfe. Geigensauer konnte sich nicht vorstellen, dass Timischl einem Mörder half, selbst wenn es der Mann seiner Schwester war. Vielleicht war es ein Unfall gewesen, den sie vertuscht hatten. Aber ein Schuss in den Kopf ist kein Unfall.

Geigensauer parkte beim vereinbarten Treffpunkt vor dem Oberwarter Gymnasium ein. Er musste nicht lange warten und Jörg Drubovic traf von Wien kommend ein. Er sprang förmlich aus seinem Auto und stieg zu Geigensauer ein.

„Was ist denn das für ein Kübel?", sagte er schnaufend, während er Bauch und Beine im Auto unterbrachte. Er zündete sich eine Zigarette an. „Ich habe die Erlaubnis vom Chef, Timischl auf seine Ermittlungen in Pinggau anzusprechen. Ich werde ihn gleich morgen in der Früh damit konfrontieren. Bist du dir sicher, dass er keine Informationen aus deinem Computer entnehmen konnte?"

„Ziemlich. Die Zeit war sehr kurz. Mir ist noch eine Idee gekommen. Ich habe den beiden eine Falle gestellt. Ich schuldete Objedic noch Geld für die Anmeldung meines Autos. Als ich es ihm übergab, teilte ich ihm mit, dass ich zu einer Veranstaltung ins Kulturzentrum nach Oberschützen fahre. Vielleicht nützt Timischl die Zeit und untersucht noch einmal meinen Computer."

Jörg Drubovic schwieg einen Augenblick und dann sagte er: „Wenn er es sogar untertags probiert hat, wird er wiederkommen. Wir lassen mein Auto hier stehen und fahren mit deinem Auto zu meiner Tante. Von dort gehen wir zu Fuß durch den Wald und werden dein Haus überwachen."

Gegen 19 Uhr hatten sie Güttenbach erreicht und das Auto abgestellt. Vorsichtig wanderten sie durch den Wald hinauf. Das Rauschen des Windes übertönte das Rascheln des Laubes und das Knacksen der Äste unter ihren Füßen. Auf halber Höhe blieb Drubovic stehen und flüsterte: „Hoffentlich ist Timischl nicht schon unterwegs."

„Um 20 Uhr wird er doch noch nicht hier sein."

Sie gingen weiter, und Geigensauer konnte dem Atmen von Drubovic gut entnehmen, dass Rauchen ungesund ist. Sie näherten sich dem Waldrand und konnten im dichten Nebel die Konturen des Hauses von Geigensauer gerade noch erkennen. In den umliegenden Häusern brannte noch Licht oder man sah das bläuliche Flimmern der Fernseher. Der kalte Südostwind blies noch immer lebhaft.

„Wahrscheinlich kommt Timischl wieder durch den Wald. Es ist klüger, wenn wir uns bei den Holzstößen verstecken", meinte Geigensauer.

Drubovic schleppte zwei Hackstöcke herbei. So konnten sie einigermaßen bequem sitzen. Die Sicht auf den Wald wurde von den Holzstößen verdeckt. Dafür war der Blick auf das Haus umso besser. Der Nebel hob sich, manchmal trieb der Wind die Schwaden auseinander und für Sekunden öffnete sich der Blick auf den Vollmond. Es geschah nichts, gar nichts. Nicht einmal ein Auto fuhr oben auf der Straße vorbei. Drubovic spielte lautlos auf seinem Handy Snake.

Gegen 21 Uhr waren Geigensauers Hände steif vor Kälte und die Zehen waren zu gefühllosen Klumpen geworden. Vergeblich versuchte er durch Bewegung, Wärme in Finger und Zehen zu bekommen. Für einen solchen Einsatz war er nicht ausgerüstet. Gegen halb zehn Uhr unterbrach Drubovic das Schweigen: „Jetzt haben wir schon die erste Hälfte der Champions League verpasst. Timischl schaut sich das sicherlich an."

Er stand auf, vertrat sich ein wenig die Füße und sagte: „Bis 22 Uhr warten wir noch, denn dann könntest du von Oberschützen schon zurück sein. Danach gibt es eine heiße Dusche."

Er setzte sich wieder und spielte weiter. Geigensauer war tief in Gedanken versunken und erschrak, als Timischl wenige Schritte von ihnen entfernt vorbeiging. Rasch war Timischl an der Linde vorbei, betrat den Arkadengang und war in Geigensauers Arbeitszimmer verschwunden. Geigensauer wollte schon aufstehen, da hielt ihn Drubovic zurück. Vorsichtig beugte sich Drubovic vor und blicke zum Waldrand hin. Er hatte richtig vermutet. Dort stand ein zweiter Mann Wache, um Timischl vor unliebsamen Überraschungen zu schützen.

„Im Wald steht noch jemand", flüsterte er. Auch Geigensauer beugte sich vor und, während der Vollmond wieder einmal durch den Nebel leuchtete, glaubte Geigensauer Objedic zu erkennen.

„Wenn wir schnell zu Timischl laufen, kann ihn der andere nicht rasch warnen", hauchte Drubovic in Geigensauers Ohr. Geigensauer sah, wie Drubovic die Pistole aus der Hosentasche in seine Hand gleiten ließ. Auf ein Handzeichen von Drubovic liefen sie los, ohne sich um den Mann im Wald zu kümmern. Geigensauer wunderte sich, wie rasch Drubovic lief. Ein solches Tempo hätte er ihm auf Grund seines großen Bauches gar nicht zugetraut. Bei den Arkaden angekommen, ließ Geigensauer Drubovic den Vortritt. Dieser zögerte keine Sekunde, öffnete die Tür und sie standen in Geigensauers Arbeitszimmer. Timischl saß vor dem Computer, drehte sich um und sagte: "Also doch! Ich habe es mir ja gedacht".

Überrascht blickte er auf die Waffe in Drubovic Hand. Objedic erschien hinter ihnen und rief aufgeregt zu Timischl: "Sie waren zu schnell, einfach zu schnell."

Drubovic war wieder zu Atem gekommen: „Nun sind wir alle zusammen. Ich glaube, eine kleine Aussprache ist notwendig. Gehen wir hinüber in die Küche!"

Dort setzten sie sich an den Tisch. Drubovic und Timischl begannen zu rauchen. Objedic bearbeitete mit den Fingernägeln der rechten Hand die hölzerne Tischplatte.

„Herr Geigensauer, Sie waren mir von Anfang an verdächtig", begann Timischl plötzlich zu sprechen.

Geigensauer mochte Timischl nicht und diese Abneigung verstärkte sich nun.

„Spätestens, als ich dann erfahren habe", fuhr Timischl fort, „dass Sie sich bei der Südburg erkundigt haben, mit welchen Bussen Guido Enzing gefahren ist, hätte ich schalten müssen. Aber Sie haben Ihre Rolle zu gut gespielt. Ich konnte mir nicht vorstellen, dass Sie ein Ermittler sind."

Geigensauer hasste Timischl. Wieder entstand eine kleine Pause.

„Aber die Sache ließ mir keine Ruhe. Ich habe es nicht gerne, wenn ich überwacht werde. Nachdem die Sonderkommission abgezogen worden war, wollte ich endlich in Ruhe weiterarbeiten. Heute Abend wäre eine gute Gelegenheit gewesen, in Ihrem Computer nachzuschauen, ob Sie nicht doch Ermittler sind", setzte Timischl fort. Dann herrschte wieder Stille.

„Reden Sie nur weiter", sagte Drubovic nach einiger Zeit zu Timischl. Doch dieser schwieg.

„Sag doch alles! Es hat doch keinen Sinn", unterbrach Objedic plötzlich das Schweigen.

„Woher wissen Sie, dass Objedic Betka Hanuliankova mitgenommen hat?", fragte Timischl.

„Warum haben Sie das in keinem Bericht erwähnt?", stellte Drubovic eine Gegenfrage.

„Sag doch alles! Es hat doch keinen Sinn", wiederholte Objedic.

„Es war und ist für die Ermittlungen nicht relevant".

Timischl zündete sich eine weitere Zigarette an.

„Das ist nicht relevant, dass Objedic Betka Hanuliankova umgebracht hat?", meinte Drubovic mit einem erzwungenen Lachen. Timischl blickte erstaunt auf Drubovic.

„Ich habe sie nicht umgebracht, ich war es nicht", rief Objedic aufgeregt und seine Hände bearbeiteten den Tisch noch heftiger.

„Objedic hat Betka Hanuliankova bei einer Bushaltestelle in Pinggau stehen gesehen und sie mitgenommen", fuhr Timischl fort, „er fuhr mit ihr bis zum Meierhof, dort bog er in einen Waldweg ab und wollte mit ihr schlafen. So ein Trottel. Aber sie wollte nicht. Sie stieg aus und ging zu Fuß nach Güttenbach. Auf dem Weg nach Güttenbach muss sie dann ihrem Mörder begegnet sein."

„Warum scheint das in keinem Bericht auf?", fragte Drubovic.

„Wozu sollte meine Schwester im ganzen Ort zum Gesprächsthema werden, wenn man dadurch der Auflösung des Falles nicht näher kommt?", erwiderte Timischl und rieb sich mit beiden Händen die Augen.

„Ich glaube eher, Sie waren der Mörder", meinte Drubovic zu Objedic, „und diese Tat sollte vertuscht werden."

Timischl schüttelte verständnislos seinen Kopf.

„Glauben Sie wirklich, dass ich einen Mord verheimlichen würde?"

„Sind Sie sich so sicher, dass Ihr Schwager kein Mörder ist?"

„Ganz sicher", anwortete Timischl.

„Ich hab sie nicht umgebracht, ich war es nicht", sagte Objedic noch einmal ganz leise.

„Ich würde Sie nun bitten, dass jeder von Ihnen seine Geschichte erzählt. Dabei nehmen Sie bitte zur Kenntnis, dass Ihnen, Herr Timischl, eine Dienstaufsichtsbeschwerde und Ihnen, Herr Objedic, mindestens eine Anzeige wegen sexueller Belästigung droht. Anton, du führst bitte Protokoll!"

Drubovic lehnte sich zurück. Geigensauer holte Papier und Bleistift. Timischl schien von der Androhung einer Dienstaufsichtsbeschwerde wenig beeindruckt. Nur ein schwaches Lächeln ging bei diesen Worten über seine Lippen.

„Zunächst lag der Verdacht auf dem Mann von Betka Hanuliankova", begann Timischl, „und daher haben wir mögliche Treffpunkte der beiden abgesucht. Pinggau Friedberg war eines meiner ersten Ziele und tatsächlich hatten die beiden einander dort getroffen und sich offensichtlich versöhnt. Eine Angestellte einer Tankstelle konnte sich gut an das Treffen der beiden erinnern. Danach ging Betka zur Bushaltestelle, um wieder nach Güttenbach zurück zu fahren. Die Angestellte beobachtete, dass sie von einem silbernen Skoda Fabia mit Güssinger Kennzeichen mitgenommen wurde. Zu diesem Zeitpunkt waren im Bezirk nur vier solche Wagen angemeldet. Einer in St. Michael-Bergen, einer in Güssing und zwei in Güttenbach. Der Wagen aus Güssing war am Tag des Verschwindens von Betka Hanuliankova zum Service in der Werkstatt gewesen, ein altes Ehepaar in St. Michael-Bergen, das nur zur Messe und zum Hofer fuhr, kam auch nicht wirklich in Frage. Es blieben die beiden Skoda in Güttenbach, die meinem Schwager Adalbert Objedic beziehungsweise Reinhard Drustotic gehörten. Drustotic arbeitete die ganze Woche in Wien. Blieb mein Schwager als einzige Möglichkeit über. Er hatte sie tatsächlich mitgenommen. Aber leider glaubte er, mit Betka seine Lebens- und Ehekrise bewältigen zu müssen. Den Rest soll er Ihnen selbst erzählen."

Timischl lehnte sich zurück und verschränkte die Arme.

„Es ist ja kein Verbrechen, eine hübsche Frau küssen zu wollen“, sagte Objedic nach einer kleinen Pause, „sie gefiel mir. Ich fuhr knapp vor dem Meierhof einen Güterweg in den Wald hinein. Aber sie wurde total hysterisch. Ich hatte Angst, dass sie mir aus dem fahrenden Wagen springt. Kaum war ich stehen geblieben, sprang sie aus dem Auto und lief davon. Ich rief ihr noch nach, dass ich sie nach Hause bringen würde. Doch sie kehrte nicht mehr um.“

„Das kann ich gut verstehen“, sagte Drubovic, „wer weiß, was Sie gemacht hätten, wenn sie nicht davongelaufen wäre.“

„Ich wollte sie doch nur küssen und vielleicht hätte sich dann mehr entwickelt“, erwiderte Objedic.

„Du bist ein Trottel.“

Timischl griff sich auf die Stirn.

„Haben Sie irgendwelche Beobachtungen an der Stelle gemacht, wo Sie Betka Hanuliankova verlassen haben?“, wollte Drubovic von Objedic wissen.

„Nein, ich habe niemanden gesehen!“

„Wie lange geht man von dort nach Güttenbach?“

„Eine Dreiviertelstunde. Ich habe es selbst ausprobiert“, antwortete Timischl, “ich habe dort natürlich die ganze Umgebung abgesucht. Es war nichts zu finden. Die Freiwillige Feuerwehr hatte Tage zuvor den Wald durchkämmt, um die Vermisste zu suchen, und auch nichts entdeckt.“

„Die Spurensicherung hätte vielleicht etwas gefunden!“

Drubovic klang ziemlich verärgert.

„Vielleicht, aber ich habe sehr genau gesucht.“

„Der Ruf eines Verwandten“, sagte Drubovic hart, „ist also wichtiger als der Mord an einer Fremden.“

„Das ist eine Sichtweise der Dinge. Es gibt aber auch andere. Ich werde den Mörder noch finden, Sie werden sehen.“

Timischl klang sehr bestimmt.

„Wenn man Sie noch suchen lässt.“

„Das haben nicht Sie zu entscheiden.“

„Stimmt. Glauben Sie noch immer, dass es der Mann von Betka war?“

Timischl lächelte.

„Seitdem ich in Pinggau war, weiß ich, dass ihr Mann nicht der Mörder ist. Aber ich hielt es für klüger die Leute und den Mörder in dem Glauben zu lassen, dass ich nur ihren Mann verdächtige. Sonderkommission hin oder her. Ich habe die ganze Zeit über weiter ermittelt. Da mögen die Wiener denken, was sie wollen. Ich weiß, dass es ein Güttenbacher war, und ich werde ihn finden.“

„Ein Güttenbacher?“, entfuhr es Drubovic

„Für einen Fremden findet man nur Motive, die an den Haaren herbeigezogen sind. Es muss jemand gewesen sein, der Betka kannte.“

Geigensauer mochte Timischl wirklich nicht. Aber er musste zugeben, dass dieser weder dumm noch feig war.

„Und den Leiter der Musikgruppe hat derselbe Mörder umgebracht?“, zweifelte Drubovic.

„Ich denke sogar aus dem gleichen Grund. Der zweite Mord war für den Täter sehr riskant. Ich glaube, er stand unter Druck.“

„Das hat die Kommission auch festgehalten“, meinte Drubovic.

„Der Täter muss eine Beziehung zur Slowakei haben. Aber ich kenne keinen Güttenbacher, der mit der Slowakei engere Verbindungen hat.“

Eine Stille trat ein, in der alle über das zuletzt Gesagte nachdachten.

„Durchlesen und unterschreiben!“

Drubovic nahm Geigensauer das Protokoll ab und reichte es Timischl. Dieser las, unterschrieb und reichte es Objedic. Dieser unterzeichnete ohne gelesen zu haben.

„Ich werde morgen nach Wien berichten. Alles Weitere werden wir sehen.“

Timischl und Objedic standen auf und gingen wortlos.

„Dumm ist der Timischl nicht“, meinte Drubovic, nachdem die beiden gegangen waren. „Verwandtschaft zählt bei uns hier sehr viel.“

„Was wird mit den beiden geschehen?", wollte Geigensauer wissen.

„An die große Glocke wird man die Sache nicht hängen. Nur keine Informationen an die Presse. Timischl wird man zumindestens verwarnen. Objedic wird man ein bisschen Angst machen. Wenn die Männer älter werden, sind sie oft mehr hinter den Frauen her als die jüngeren. Der soll sein Liebesleben lieber mit seiner Frau ausleben. Komm morgen um neun Uhr und bring mich nach Oberwart!"

Drubovic stand auf und ging. Geigensauer begleitete ihn zur Tür. Der Wind hatte den Nebel aufgelöst. Eine mondhelle Nacht lag über dem Garten. Als Geigensauer wieder die verqualmte Küche betrat, öffnete er alle Fenster. Er hasste verrauchte Räume. Sicherlich würde die Küche auch morgen noch den ganzen Tag über nach kaltem Rauch riechen. Er zog sich ins rauchfreie Schlafzimmer zurück und kroch in seinen Schlafsack. Lange dachte er noch über alles nach und konnte nicht einschlafen. Welcher Güttenbacher könnte der Mörder sein? Keiner, den er kannte, schien auch nur irgendwie in Frage zu kommen.

Am nächsten Morgen war der Himmel nicht mehr wolkenlos wie in der Nacht. Hohe, weiße Schleierwolken verdeckten die Sonne. Kaltluft war über Frankreich ins Mittelmeer vorgestoßen und über dem Golf von Genua bildete sich ein Tief. Vielleicht kam der erste Schnee ins Flachland.

Kurz nach neun Uhr brachen Geigensauer und Drubovic nach Oberwart auf. Gleich hinter dem Meierhof, bevor die Straße durch den Wald bergab ging, sagte Drubovic: „Fahr dort links hinein. Ich möchte doch die Stelle sehen, wo Betka dem Objedic davongelaufen ist."

Geigensauer bremste stark ab und bog in einen holprigen Waldweg ein.

„Ich habe heute früh schon mit Timischl telefoniert", fuhr Drubovic fort, „weil ich vergessen hatte, ihm und Objedic zu sagen, dass deine wahre Tätigkeit geheim bleiben muss. Da erkundigte ich mich auch gleich, wo Objedic mit Hanuliankova hingefahren war."

Nach einer kurzen Strecke wurde der Weg für einen PKW unbefahrbar.

„Von hier nach Güttenbach ist es ein schönes Stück zu Fuß."

Drubovic stieg aus und blickte sich um. Hohe, alte Fichten standen links und rechts des Weges. Zwischen zwei Stämmen lag ein riesiger Ameisenhaufen.

„Sie könnte, nachdem Objedic abgefahren war, umgekehrt und zur Straße zurückgegangen sein", überlegte Geigensauer. Drubovic zündete sich eine Zigarette an.

„Dann wäre sie von einem vorbeikommenden Auto mitgenommen worden und sie hätte Güttenbach wohlbehalten erreicht."

„Oder sie stieg bei ihrem Mörder ein."

„Nein, Anton. Ich denke, sie hatte genug vom Autostoppen und ging weiter durch den Wald. Von hier zum Meierhof ist es nicht weit, und von dort geht ein bequemer Güterweg nach Güttenbach. Irgendwo auf diesem Weg begegnete sie ihrem Mörder. Eigenartig ist nur, dass dieser doch kaum wissen konnte, dass er sie hier treffen würde. Fahren wir, ich habe genug gesehen."

Geigensauer war gegen Mittag wieder zurück in Güttenbach. Der Himmel zeigte sich einheitlich grau und die Sonnenscheibe war nur ganz zart zu erkennen. Geigensauer war neugierig, welche Vorgangsweise man in Wien nach der Rückkehr von Drubovic beschließen würde. Er hatte genug von Würstel, Eierspeis und Fertignahrung. Die ersten selbst gemachten Palatschinken machten optisch eher einen sehr zerfallenen Eindruck. Aber zusammen mit der ausgezeichneten Erdbeermarmelade, die Geigensauer von der Tante von Drubovic erhalten hatte, schmeckten sie gar nicht so schlecht.

Der Himmel wurde dunkelgrau, die Sonne verschwand und der Südostwind legte sich. Mitten am Nachmittag ging Geigensauer für ein paar Schritte in den Garten. Julia und Valentin spielten

Softball. Valentin lief zu Geigensauer: „Wird es heute Nacht wirklich schneien? Im Radio Burgenland haben sie Schneefall angekündigt.“

„Es kann schneien, aber sicher ist es nicht. Solche Prognosen sind sehr schwierig.“

„Es muss schneien. Wir wollen heuer eine ganz lange Bobbahn bauen. Es muss ein strenger Winter kommen. Es soll mindestens einen Meter schneien.“

„Ich werde euch die Daumen drücken.“

Da rief Julia: „Ich habe schon eine Flocke gesehen.“

Tatsächlich konnte Geigensauer gegen den dunklen Wald leichten Niederschlag erkennen. Er war sich aber nicht sicher, ob es Schnee oder Regen war. Er hielt seine Handfläche auf. Zunächst waren nur Tröpfchen zu sehen, aber dann blieb eine kleine Flocke liegen.

„Es schneit“, jubelte Valentin. Mit einem Schlag fielen riesige Flocken wie Wattebausche vom Himmel.

Wieder im Haus warf Geigensauer einen Blick in die Mailbox. Eine Nachricht von Drubovic war eingetroffen. Wien hatte folgenden Beschluss gefasst: Objedic würde nach Wien vorgeladen werden, um ihm ein wenig Angst zu machen, solche Abenteuer in Zukunft zu unterlassen. Timischl würde nur eine Verwarnung erhalten. Er muss in Wien Beziehungen haben, vermerkte Drubovic mit einem Smily. Timischl und Objedic sollten zu absoluter Verschwiegenheit verpflichtet werden. Geigensauers bisherige Tätigkeit wurde weder lobend noch abwertend erwähnt. Er sollte weiterforschen.

Mitten in der Nacht, als Geigensauer einmal kurz aufwachte, hörte er den Regen gegen die Scheiben prasseln. Der Winter kam also doch noch nicht.

Erst am Nachmittag des nächsten Tages hörte der Regen auf und Geigensauer ging in den Garten um Luft zu schöpfen. Ein kalter Nordwind hatte die Wolkendecke zerrissen und trieb wenige kleine weiße Wölkchen über den glasklaren Himmel. Geigensauer musste sich eingestehen, dass er wieder ziemlich am Anfang stand. Alle bisherigen Nachforschungen waren nicht sehr erfolgreich gewesen. Betka Hanuliankova war nicht in Oberwart, sondern zwischen Meierhof und Güttenbach verschwunden, ihr Mann war tot und mit höchster Wahrscheinlichkeit nicht ihr Mörder. Das war alles, was Geigensauer vorzuweisen hatte.

Valentin und Julia gruben einen kleinen Kanal zwischen den Lacken auf der Wiese. Geigensauer rief ihnen zu: „Nächste Woche könnte es vielleicht schneien, meinen die Wetterstationen."

Valentin richtete sich vom Graben auf. Seine Schuhe waren voll Lehm.

„Ich brauche keinen Wetterbericht mehr. Die Prognosen stimmen doch ohnehin nicht."

Er war sichtlich noch immer enttäuscht, dass der Schneefall in Regen übergegangen war. „Darf man das Haus des ermordeten Wiener Friseurs schon betreten?", wollte Valentin wissen.

„Ich weiß es nicht genau", antwortete Geigensauer, "aber es ist versiegelt worden."

„Gestern Nacht war aber jemand in diesem Haus", tat Valentin geheimnisvoll und ging ein paar Schritte auf Geigensauer zu.

„Woher weißt du das?"

„Ich habe mir für drei Uhr in der Nacht den Wecker gestellt, weil ich sehen wollte, wie es schneit. In der Finsternis sieht man die Flocken bei den Straßenlaternen so schön fallen. Aber es regnete nur. Im Haus des ermordeten Friseurs sah ich Licht im ersten Stock, schwach aber doch."

Julia war auch zu Geigensauer und Valentin gekommen.

„Du warst mitten in der Nacht auf?", wandte sie zweifelnd ein.

„Warum glaubst du mir nicht? Es sah aus, wie wenn jemand mit einer Taschenlampe leuchtet. Zuerst dachte ich an den Mörder. Doch er ist ja schon verhaftet worden."

„Dieses Haus ist mir unheimlich, seit Herr Lastenecker getötet wurde", fügte Julia hinzu.

Geigensauer ging zurück und rief Jörg Drubovic an.

Dieser schien der Beobachtung von Valentin keine große Bedeutung beizumessen. Sie verständigten Timischl, denn schließlich konnte nicht Geigensauer das Haus von Lastenecker betreten. Eine Stunde später sah Geigensauer Timischl kommen und nach einer guten halben Stunde wieder abfahren. Bald danach läutete das Telefon. Geigensauer war verwundert, als er Timischls Stimme erkannte.

„Sehr geehrter Herr Kollege. Ich habe nichts Besonderes entdecken können. Keine Tür war aufgebrochen und das Haus war ordnungsgemäß verschlossen. Im Inneren war nichts Auffälliges zu sehen. Die einzige Möglichkeit einzusteigen, war ein kleines, offenes WC-Fenster, das zur Belüftung des Hauses offen gelassen worden war. Aber es gab keine Anzeichen, dass jemand durch diese kleine Öffnung ins Haus geklettert war. Immerhin wäre es aber möglich. Ich habe das Fenster geschlossen."

Verschiedenen Mutmaßungen waren wieder Tür und Tor geöffnet. Bei einem Glas Eisenberger Rotwein versuchte Geigensauer seine Gedanken zu ordnen.

Erstens: Valentin konnte sich geirrt haben.

Zweitens: Guido Enzing hatte in der Mordnacht tatsächlich etwas Wichtiges gesucht und nun einen Freund geschickt, es zu holen.

Drittens: Guido Enzing war nicht der Täter. Der wirkliche Mörder war wieder gekommen, um das zu finden, was er in der Mordnacht vergebens gesucht hatte. Schließlich war der erste Stock damals unberührt geblieben.

Die nächsten drei Wochen verliefen sehr ruhig, wenn nicht sogar eintönig. Geigensauer arbeitete intensiv an seiner Dissertation und brachte sie in eine vorläufige Endfassung. An den Abenden besuchte er die Gasthäuser der Ortschaft, ohne irgendetwas von Belang zu erfahren. Das Wetter war windig, mild und regnerisch, eine atlantische Front nach der anderen zog in einer kräftigen Westströmung über das Land. In den freien Stunden kehrte Geigensauer zu einer seiner alten Leidenschaften zurück, dem Lesen. „Die Brüder Karamasow" und „Hamlet" passten seiner Meinung nach ideal zur Jahreszeit und zu seinem Auftrag. Die morgendlichen Informationen bei der Bäckerin gingen über Krankheiten, Todesfälle, Eheschließungen und Geburten nicht hinaus.

Am Donnerstag vor dem ersten Adventsonntag änderte sich die Lage mit einem Schlag. Geigensauer saß beim Frühstück und hörte die Nachrichten von Radio Burgenland.

Ausländerfeindliche Aktion im Südburgenland. Heute Nacht wurde von unbekannten Tätern die Fassade eines Asylantenheimes mit ausländerfeindlichen Parolen beschmiert. Die Polizei ermittelt in rechtsradikalen Kreisen.

Es gab also in der Umgebung doch Ausländerfeinde. Timischl konnte also durchaus nicht über zu wenig Beschäftigung klagen. Drubovic hielt das Ganze für einen dummen Streich junger Burschen.

Geigensauer hatte sich einen Adventkranz besorgt und, als es am Sonntag schon gegen vier Uhr am Nachmittag finster wurde, überfielen ihn die vorweihnachtlichen Gefühle seiner Kindheit. Er zündete die erste Kerze an und meinte zwischen dem Duft der Kerzen und des frischen Reisigs auch den Duft von Weihnachtsgebäck zu riechen. Vielleicht würde es ihm gelingen, den Advent tatsächlich zur ruhigsten Zeit im Jahr zu machen.

Montag in aller Früh ging Geigensauer zur Rorate und war erstaunt, wie gut besucht diese Messe war. Sogar einige Kinder nahmen vor der Schule am Gottesdienst teil. Am Heimweg war es noch dunkel. Weihnachtsbeleuchtungen schmückten viele Häuser. Die Meldungen in den burgenländischen Nachrichten waren aber durchaus nicht friedlich.

Erneut ausländerfeindliche Aktion im Südburgenland. Neben einem Güterweg wurde heute Nacht eine Strohpuppe an einem Ast aufgehängt. Um den Hals trug sie ein Schild mit der Aufschrift "Ausländer raus". Ob es Zusammenhänge mit der Schmieraktion am Quartier der Asylanten oder sogar mit den Morden in Güttenbach gibt, ist nicht bekannt. Auch damals war ein Schild mit der gleichen Aufschrift gefunden worden. Die Polizei ermittelt in alle Richtungen.

Geigensauers Adventstimmung war mit einem Schlag verschwunden. Er telefonierte sofort mit Drubovic. Aber dieser wusste auch noch nichts Näheres. Mitten am Vormittag kam dann der Rückruf, der alle Zweifel beseitigte. Es war kein Scherz. Die Handschrift auf dem Plakat war die gleiche wie auf den Plakaten, die bei Betka Hanuliankova und dem Leiter der Volksmusikgruppe gefunden worden waren.

Geigensauer wusste, ein vierter Mord durfte nicht mehr geschehen. Bisher hatte er sich nicht einmal gedanklich mit einem rechtsextremen Täter beschäftigt. Er setzte sich an den Computer und suchte im Internet nach einschlägigen Seiten. Außer einigen kurzen Hinweisen auf rechtsextreme Aktivitäten im Raum Oberschützen und Pinkafeld fand er nichts, was mit dem Südburgenland in Verbindung gebracht werden könnte.

Am Nachmittag fuhr er zum Asylantenheim. Die an die Fassade geschmierten ausländerfeindlichen Parolen waren notdürftig übermalt worden. Neben dem Gebäude stand ein besetzter Streifenwagen. Geigensauer besichtigte auch die Stelle, wo die Puppe aufgehängt worden war. An diesem einsamen Ort war man in der Nacht sicher ungestört.

Die bekannten rechtsextremen Gruppen hatte Timischl bestimmt bereits in seine Untersuchungen eingeschlossen. Geigensauers Gedanken kreisten um einen Einzeltäter. Irgendwo hier in Güttenbach und Umgebung lebte ein Mörder. Wieder zu Hause, hatte ihn die Zuversicht, diesen zu finden, bereits verlassen. Wahrscheinlich war der Mörder völlig unauffällig, und man konnte jahrelang neben ihm leben, ohne etwas Auffälliges zu bemerken. Er war wahnsinnig, da war sich Geigensauer fast sicher. Nur ein Verrückter konnte diese Puppe mit dem Plakat aufhängen. Hätte ein Mensch mit gesundem Menschenverstand die drei Morde verübt, so hätte er nicht mit dieser Puppe auf sich aufmerksam gemacht und riskiert, entdeckt zu werden. Nein, der Mörder war verrückt und er war alleinstehend. Ein Familienvater konnte kaum eine Strohpuppe bauen, ein Plakat malen und beides mitten in der Nacht auf einen Baum hängen, ohne dass seine Familie etwas bemerkte.

Der Advent verging rasch. Nach den windigen, feuchten Tagen folgten zwei herrliche, sonnige. Danach legte sich wieder eine undurchdringliche, dicke Nebeldecke über die Landschaft. Wenn es schon keinen Schnee gab, so kam wenigstens durch die Düsterkeit der immer kürzer werdenden Nebeltage etwas Weihnachtsstimmung auf. An den langen Abenden war Lesen eine willkommene Ablenkung gewesen. Dann erfreuten Geigensauer gleich zwei kulturelle Ankündigungen: Weihnachtskonzert der Tamburizzagruppe am Stefanietag und „Baby wider Willen", eine Aufführung der Theatergruppe Olbendorf.

Geigensauer beschloss, Weihnachten diesmal alleine zu verbringen. Außer seinen Verwandten riefen ihn auch einige Freunde an, die ihn hier im tiefen Süden nicht vergessen hatten. Trotzdem wurde ihm dann der Weihnachtsabend noch länger, als er befürchtet hatte. Den Vorsatz, den Fernseher nicht als Gesellschafter zu bemühen, gab Geigensauer nicht auf, obwohl es ihm nicht leicht fiel. Er war schon um 23 Uhr in der Kirche, als einziger Mann unter einer Handvoll alter Frauen. Die Blasmusik spielte Weihnachtslieder und das Wunderbare und Heilige dieser langen, stillen Nacht erfasste Geigensauer. Nach der feierlichen Mette ging er voll Weihnachtsfreude nach Hause. Der sternenklare Himmel hatte sich bedeckt und die vielen Weihnachtsbeleuchtungen, die die Dunkelheit erhellten, gaben dem Heimweg einen besonderen Reiz.

Am Morgen war er freudig überrascht. Es hatte in der Nacht geschneit, wenn auch nur ein paar Zentimeter. Am Kirchenplatz warfen die Kinder vor der Messe bereits mit Schneebällen. Nach einem guten, selbst zubereiteten Mittagessen hörte er Kinderstimmen und schaute hinaus. Valentin und Julia bauten aus dem nassen Schnee einen großen Schneemann. Valentin rollte gerade eine große Schneekugel bergab über die Wiese. Julia hatte sich rücklings in den Schnee geworfen und mit den Armen den Schnee kreisförmig niedergedrückt, sodass der Abdruck eines Engels zurückblieb, als sie aufstand. Sie lief davon und kam mit einem Weihnachtsgruß von ihrer Mutter wieder. Sie überreichte Geigensauer einen Teller mit Weihnachtskeksen.

Am Stephanietag blieb der Himmel grau in grau. Geigensauer zog sich in die Küche an den warmen Herd zurück und las „Die Brüder Karamasow" weiter. Die rasch einsetzende Dämmerung, eine große Schale mit russischem Tee, die Ruhe im Haus und der Blick über die weiten, leicht verschneiten Felder machten das Lesen zu einem Genuss.

Geigensauer ging am späten Nachmittag zum Konzert der Tamburizzagruppe. Valentin und Julia bauten gerade mit ihrem Vater aus dem wenigen Schnee eine Bobbahn.

Das Konzert war sehr gut besucht. Geigensauer saß auf der Empore der Kirche und hatte einen ausgezeichneten Blick auf Chor und Orchester.

Am nächsten Abend, auf der Fahrt zum Theater in Olbendorf, war es bereits finster und es hatte zu schneien begonnen. Das Gasthaus, in dem die Vorstellung stattfand, lag gleich hinter der Kirche oben am Berg. Die Theaterbesucher strömten von allen Seiten zusammen.

Das Stück handelte von einem karrieresüchtigen Bürgermeister und seiner Frau, die aus Versehen ein Baby entführte. Die Zuschauer hatten viel zu lachen. Einige der Laienschauspieler waren ausgezeichnet.

Dichter Schneefall überraschte die Zuschauer nach der Vorstellung. Die Luft war erfüllt von unzähligen leichten Flocken, die ein schwacher Wind durch die Gassen und über die Dächer wirbelte. Kaum hatte Geigensauer den Ort mit seiner Straßenbeleuchtung verlassen, war nur noch der Flockenwirbel im Scheinwerferlicht zu sehen. Wiesen, Felder und Straßen bildeten eine einzige weiße Fläche, nur die Bäume ragten daraus empor. Manchmal trieb der Wind die Schneeflocken in dichten Wolken über die Straße oder der Wipfel eines Baumes schüttelte vom Wind gebeugt die weiße Last ab und sie stürzte wie ein Wasserfall zu Boden.

In der Früh befreite Geigensauer sein Auto von der weißen Pracht. Auch Julia und Valentin waren schon im Freien und halfen ihrem Großvater beim Schneeschaufeln.

Valentin kam ganz aufgeregt zu Geigensauer:

„Heute Nacht war wieder jemand im Haus von Lastenecker. Das Zimmer im Dachgeschoß war hell erleuchtet."

Geigensauer war überrascht: „Das kann ich mir gar nicht vorstellen."

„Es war aber so. Ich bin ganz sicher", meinte Valentin leicht beleidigt.

„Dann müsste man aber eine Spur sehen, die vom Haus wegführt."

„Ich schaue gleich nach", sagte Valentin und lief zum Haus von Lastenecker hinüber. Geigensauer eilte hinterher. Der Gehsteig vor Lasteneckers Haus war nicht geräumt. Valentin sank tief ein. Der Garten vor Lasteneckers Haus war völlig unberührt. Weder eine frische, noch eine verwehte Spur war zu sehen. Nicht einmal ein Vogel war über den Schnee gelaufen.

„Das Zimmer war aber hell erleuchtet", sagte Valentin hartnäckig. Geigensauer ging über die Wiese, auf der die Jugendlichen gefeiert hatten, hinaus auf den Güterweg, der hinter Lasteneckers Haus vorbeiführte. Von der hinteren Eingangstür des Hauses zog sich eine deutlich sichtbare Spur zum geräumten Güterweg und verlor sich dort. Sicher hatte der Eindringling damit gerechnet, dass der Schneefall andauern und seine Spuren verwischen würde. Während Geigensauer noch seine Gedanken ordnete, war Valentin ihm gefolgt und sagte: „Es war aber doch Licht und es war jemand im Haus."

„Du hast gut beobachtet", sagte Geigensauer, „wir werden bei der Polizei eine Meldung machen."

Zunächst telefonierte Geigensauer mit Jörg Drubovic. Dieser war sehr erstaunt, denn er hatte der ersten Beobachtung von Valentin nicht wirklich Beachtung geschenkt. Dann verständigte Geigensauer Inspektor Timischl. Dieser benötigte keine zehn Minuten, um Lasteneckers Haus zu erreichen. Eine Stunde später war auch die Spurensicherung zur Stelle. Immer wieder trat Geigensauer ans Fenster seines Arbeitszimmers und blickte hinüber zu Lasteneckers Haus, wo seit einiger Zeit auch Hunde im Einsatz waren. Wer war zweimal in Lasteneckers Haus eingedrungen und warum? Guido Enzing konnte es nicht gewesen sein. Der saß in Wien in Haft. Was hatte der nächtliche Besucher gesucht, gefunden, mitgenommen? Am frühen Nachmittag war die Spurensuche beendet, und wenig später rief Timischl an.

„Was gibt es?", wollte Geigensauer wissen.

„Jemand hat die Hintertür zu Lasteneckers Haus aufgebrochen und offensichtlich das ganze Haus durchsucht. Auch im Dachgeschoss ist alles durchwühlt worden. Ob der Täter gefunden hat, was er gesucht hat, bleibt offen, Die Hunde konnten die Spur nur bis zum Güterweg verfolgen."

„Waren keine brauchbaren Hinweise im Haus?"

„Nein, nicht einmal Fingerabdrücke konnten abgenommen werden. Der einzig Brauchbare war die Spur im Schnee. An einer Stelle war der Boden unterhalb des Schnees noch nicht fest gefroren gewesen und der Abdruck des Absatzes eines Schuhs konnte sichergestellt werden. Ich würde am liebsten alle Schuhe im Ort kontrollieren."

„Wer könnte der Einbrecher gewesen sein?"

„Ich glaube, dass Guido Enzing einen Freund hat, der für ihn etwas suchen oder vertuschen sollte."

Es klarte auf und ein hellblauer Himmel spannte sich über die Landschaft. Strenger Frost kündigte sich an. Am Abend rief Timischl noch einmal an. Der Fußabdruck aus der Schneespur bei Lasteneckers Haus stimmte mit einem Fußabdruck überein, den die Polizei unter dem Baum gefunden hatte, an dem die Puppe und das Schild mit der Aufschrift „Ausländer raus" aufgehängt worden waren. Es gab keine Zweifel, der Mörder von Betka Hanuliankova und dem Leiter der Volksmusikgruppe war heute in der Nacht in Lasteneckers Haus gewesen. Vielleicht ging auch der Mord an Lastenecker auf sein Konto.

Auf Grund der letzten Vorfälle war Guido Enzing aus der Untersuchungshaft entlassen worden. Er hatte angekündigt, den wahren Mörder finden zu wollen, um jeden Verdacht loszuwerden.

Am Nachmittag des Silvestertages besuchte Geigensauer die Jahresschlussmesse. Die Kirche war überfüllt und Geigensauer konnte gerade noch eintreten. Er war nicht wenig überrascht, als er in der stehenden Menschenmenge wenige Schritte vor sich den Lockenkopf von Guido Enzing sah. Die ganze Messe über dachte Geigensauer nur an ihn.

Einige Tage später fand in St. Michael im Josef-Wesely-Heim eine Theateraufführung statt. Geigensauer bekam eine der letzten Karten. Er musste auf einem Tisch am Ende des Saales Platz nehmen. Diese erhöhte Position gab aber über die Köpfe der Zuschauer hinweg einen guten Blick auf die Bühne. Bald entdeckte er den schwarzen Lockenkopf von Guido Enzing. Er saß nur wenige Reihen vor Geigensauer.

Die Pause kam und fast alle strömten hinaus. Auch Guido Enzing stand auf und ging zum Buffet. Er warf einen Blick auf Geigensauer, aus dem nicht zu entnehmen war, ob er ihn erkannte oder nicht. Die Luft im Saal war sehr stickig geworden und die Fenster wurden geöffnet, um die kalte Winterluft hereinzulassen. Geigensauer streckte die Hand ins Freie hinaus und spürte Tropfen.

Der Regen würde am kalten Boden gefrieren. Guido Enzing betrat in Begleitung einer älteren Frau wieder den Festsaal. Sie blieben an der Wand neben den Sitzreihen stehen. Die Frau war groß und stark. Ihr blond gefärbtes Haar war auf ihrem Hinterkopf zu einem Knoten zusammengesteckt. Sie trug einen hellblauen Pullover, von dem sich eine weiße Perlkette gut abhob. Immer wieder schüttelte sie den Kopf, während Guido Enzing auf sie einsprach. Plötzlich zuckte Enzing mit den Schultern, machte eine wegwerfende Handbewegung, ließ die Frau stehen und verließ den Festsaal wieder. Die Frau setzte sich neben eine sehr alte Dame, vielleicht ihre Mutter, und es hatte den Anschein, als würde sie ihr erzählen, was sie mit Enzing besprochen hatte.

Das Stück wurde fortgesetzt, aber Guido Enzing war nicht mehr zurückgekehrt. Geigensauer konnte sich nicht mehr auf die Vorgänge auf der Bühne konzentrieren, ständig kehrten seine Gedanken zu Enzing zurück. Erst der Applaus riss ihn aus seiner Grübelei.

Wege und Straßen waren mit einer Eisschicht überzogen, auf der die Theaterbesucher nach der Vorstellung nur langsam und vorsichtig vorankamen. Nur mühsam konnte Geigensauer die Scheiben seines Autos vom Eis befreien. Er war noch nicht weit gefahren, da sah er, wie die blonde Frau erfolglos versuchte, ihre gestürzte, ältere Begleiterin wieder aufzurichten. Geigensauer blieb mitten auf der Straße stehen und stieg bei laufendem Motor aus. Gemeinsam halfen sie der alten Frau wieder auf. Zum Glück war sie unverletzt.

„Das war sehr nett von Ihnen“, bedankten sich die beiden Frauen.

„Gern geschehen. Sie haben in der Pause mit einem schwarzhaarigen, jungen Mann gesprochen. Er kommt mir bekannt vor. Ist er aus Wien?“

„Vermutlich. Ich kenne ihn nicht. Er heißt Guido Enzing. Er kennt einen alten Bekannten von mir, Hugo Lastenecker, der im Herbst in Güttenbach ermordet wurde.“

„Er war mein Nachbar", sagte Geigensauer.

„Der junge Mann behauptete, dass ich Lastenecker vor seiner Ermordung getroffen hätte. Dabei habe ich erst durch Lasteneckers Tod erfahren, dass er sich in Güttenbach niedergelassen hat. Ich habe in Wien als Friseurin gearbeitet und war vor rund zehn Jahren eine Zeit lang bei Lastenecker beschäftigt."

„Warum hätten Sie ihn treffen sollen?"

„Er behauptete, dass ich mit Lastenecker Geschäfte gemacht hätte. Er war widerlich zudringlich."

„Wollen Sie mitfahren?"

„Nein, danke. Wir sind dort vorne zu Hause. Vielen Dank. Gute Nacht."

„Ebenfalls."

Die beiden Frauen setzten ihren Weg fort und Geigensauer fuhr im Schritttempo nach Hause. Offensichtlich hatte Enzing Informationen von Lastenecker, auf Grund derer er hoffte, den Mörder zu finden. Warum hatte er diese Informationen nicht an die Polizei weiter gegeben?

Geigensauer rief Drubovic an. Guido Enzing hatte tatsächlich während seiner Verhöre berichtet, dass ihm Lastenecker von einem alten Bekannten erzählt hätte, mit dem er gute Geschäfte machen wollte. Niemand hatte dieser Aussage besondere Bedeutung zugemessen. Vermutlich glaubte Enzing in diesem Geschäftspartner den Mörder zu finden. Drubovic hielt Enzings Überlegungen für nicht sehr Erfolg versprechend. Warum sollte der Mörder von Betka Hanuliankova mit Lastenecker Geschäfte machen? An welche Geschäfte mochte Enzing wohl denken, wenn er glaubte, dass der Geschäftspartner von Lastenecker der Mörder war? Rasch überfiel Geigensauer eine lähmende Müdigkeit. Bevor er schlafen ging, blickte er noch einmal in den Garten. Es regnete noch immer. Die ganze Welt versank unter einem Eispanzer.

Am nächsten Morgen hatte der Regen aufgehört und leichtes Tauwetter eingesetzt. Nur langsam tropfte das Eis von den Ästen der Bäume. Drubovic hatte Inspektor Timischl beauftragt, Guido Enzing zu beschatten. Dieser hatte sich in einem Gasthaus in Deutsch-Tschanschendorf einquartiert. Gegen Abend vertrieb ein auffrischender Westwind die restlichen Nebelfelder und Kaltluftseen. Innerhalb von einer Stunde stieg die Temperatur auf über zehn Grad plus. Schon zwei Tage später waren große Teile der Wiesen aper, nur die Schneeberge entlang der Straßen und Einfahrten hielten der Sonne und den warmen Winden stand. Dann kehrten die klaren, kalten Nächte zurück und konservierten die Schneereste.

Auch die Ermittlungen in den Mordfällen schienen im Winterfrost erstarrt zu sein. Geigensauer erhielt keine Nachrichten von Inspektor Timischl oder Drubovic. Auch er selbst hatte keinen Anhaltspunkt für weitere Ermittlungen.

Anfang Februar rief Inspektor Timischl bei Geigensauer an. Die Beschattung von Guido Enzing zeigte erste Erfolge. Er hatte sich mit einem pensionierten Maurer namens Alfons Tarbentic in einem Gasthaus in Harmisch getroffen. Alfons Tarbentic war in Neuberg zu Hause, einer Nachbargemeinde von Güttenbach. Vor seiner Pensionierung hatte er in Wien gearbeitet und nur zwei Gassen vom Friseurgeschäft von Hugo Lastenecker entfernt gewohnt. Vielleicht hatte Guido Enzing also in Alfons Tarbentic den Mann gefunden, mit dem Hugo Lastenecker Geschäfte machen wollte.

In Geigensauer verstärkte sich das Gefühl, dass er bei dieser Mördersuche vermutlich nicht mehr viel beitragen konnte. Es erfasste ihn Niedergeschlagenheit. Er hatte immer gehofft, den Fall lösen zu können. Doch nun fürchtete er, in naher Zukunft von hier abberufen zu werden.

Zu Beginn der Semesterferien stellte sich das Wetter radikal um. Am Montag Vormittag blieb es dämmrig und, als es mitten am Vormittag zu schneien begann, wurde es noch dunkler. Der Schnee fiel in riesigen, nassen Flocken. Bald waren nur noch die nächstgelegenen Häuser zu sehen. Schon nach einer Stunde herrschte tiefer Winter. Geigensauer hörte das Lachen der Kinder. Ferien und Schneefall waren und blieben ein Kindertraum. Auch ihn zog es in den Flockenwirbel hinaus. Valentin räumte den Gehsteig seines Großvaters. Julia hatte beide Handflächen nach oben gekehrt und sah zu, wie die großen Flocken auf ihrer Hand schmolzen. Der Schnee war schwer und Valentin konnte ihn kaum zur Seite schieben. Empört kam er zu seiner Schwester gelaufen.

„So hilf mir doch!", rief er, und zu Geigensauer gewandt sagte er: „Wenn es bis morgen früh so weiterschneit, wie viel Schnee wird dann liegen?"

„Vielleicht 40 cm."

„40 cm, einen Meter wird es schneien", antwortete Valentin aufgeregt, „und in der Nacht bekommt das Haus von Lastenecker sicherlich wieder Besuch. Immer, wenn es regnet oder schneit, kommt der Mörder."

„Ich will nicht, dass der Mörder kommt", sagte Julia.

„Angsthase", erwiderte Valentin.

„Ich glaube nicht, dass der Mörder noch einmal kommen wird", beruhigte Geigensauer.

Zu Mittag wurde der Himmel hellgrau und der Schneefall ließ nach. Doch bald begann es erneut heftig zu schneien, diesmal in vielen kleinen Flocken. Ein leichter Wind war aufgekommen und schon bald versank der ganze Ort in einem heftigen Schneegestöber. Es war schon einige Zeit dunkel gewesen, als Geigensauer noch einmal den Gehsteig kehrte. Die Luft war voller kleiner Schneeflocken. Sogar in Mund und Nase drangen sie ein. Wiese, Gehsteig und Straße waren kaum zu unterscheiden. Die Spuren der zuletzt vorbei gefahrenen Autos waren gerade noch zu sehen. Nachdem Geigensauer auch sein Auto frei geschaufelt hatte, blieb er stehen. Der Schnee schluckte alle Geräusche. Es genoss die Stille und freute sich für Valentin über das Schneechaos, das sich anbahnte. Er kochte sich einen guten russischen Tee und las „Anna Karenina".

Das Läuten des Telefons holte ihn aus den Weiten der russischen Landschaft nach Güttenbach zurück. Zu seiner Überraschung war Inspektor Timischl am anderen Ende der Leitung.

„Wie geht es Ihnen?“, fragte Timischl offenbar gut gelaunt.

„Danke. Ganz gut.“

„Was glauben Sie, wo ich mich momentan befinde?“

„Ich hoffe für Sie, neben dem Ofen mit Sicht auf den Fernseher“, antwortete Geigensauer, obwohl er aus der Frage natürlich entnommen hatte, dass es nicht so war.

„Nein, ich stehe hier im dichten Schneefall in der Nähe der Kapelle. Enzing und Tarbentic haben einander hier getroffen. Sie sitzen schon seit über einer Stunde im Wagen von Tarbentic. Dieses Treffen könnte Licht in unsere Angelegenheiten bringen. Vielleicht hatte Tarbentic tatsächlich Kontakt mit Lastenecker.“

„Möglich.“

„Vielleicht war Tarbentic der Einbrecher bei Lastenecker. Ich werde auf jeden Fall seine Schuhe untersuchen lassen. Mit etwas Glück können Sie in ein paar Tagen nach Wien zurückkehren. Wenn es wichtige Neuigkeiten gibt, melde ich mich wieder.“

Timischl beendete das Gespräch, ohne auf ein Abschiedswort von Geigensauer zu warten. Geigensauer konnte den Aussichten, dass Timischl den Fall vielleicht in Kürze lösen würde, nur wenig Erfreuliches abgewinnen. Er musste sich eingestehen, dass er durchaus noch immer den Ehrgeiz hatte, selbst den Mörder zu finden. Kaum hatte sich Geigensauer wieder in die russische Seele eingelebt, läutete das Telefon erneut. Unwillig stand er auf und meldete sich wenig höflich mit „Geigensauer“.

„Guido Enzing. Sie kennen mich doch?“, drang es gehetzt an Geigensauers Ohr.

„Natürlich.“

„Es ist dringend. Ich kann Inspektor Timischl leider nicht erreichen. Der Mörder kommt in wenigen Augenblicken zu mir. Veranlassen Sie rasch, dass die Polizei kommt. Ich bin hier bei der Kapelle…“

Die Verbindung war unterbrochen, bevor Geigensauer etwas erwidern konnte. Er wollte zurückrufen, aber das alte Festnetztelefon besaß keine Nummernanzeige. Geigensauer holte sein Handy. Er musste unbedingt Timischl oder die Polizei erreichen.

Kaum hatte er die Nummer von Timischl gewählt, da fiel der Strom aus. Auch das Handy hatte keine Verbindung mehr zum Netz. Geigensauer tappte im Dunklen zum Telefon. Das Festnetz war ebenfalls tot. Ein Blick aus dem Fenster zeigte, dass auch die Straßenbeleuchtung ausgefallen war. Vermutlich war ein Baum unter der Schneelast geknickt und hatte wichtige Leitungen unterbrochen. Rasch zog er sich an und eilte zu seinem Wagen. Das Auto war schon wieder von einer Schneeschicht überzogen. Schnell befreite er die Windschutzscheibe. Beim ersten Startversuch sprang der Motor nicht an. Ungeduldig wartete er ein paar Sekunden. Dann versuchte er es erneut und trat dabei das Gaspedal voll durch. Jetzt oder nie. Tatsächlich sprang der Motor nun doch an. Zwei Lichtkegel erhellten die absolute Dunkelheit und ließen tausende von kleinen Flocken hell erstrahlen.

Kaum hatte Geigensauer seine Fahrt durch die Finsternis zur Kapelle begonnen, kam ihm der Gedanke, der Anruf könnte eine Falle sein. Eine unbestimmte Furcht überfiel ihn. Aber er setzte seine Fahrt fort. Bald hatte er den Güterweg erreicht, von dem der Feldweg zur Kapelle abzweigte. Deutlich waren die leicht verschneiten Spuren von Fahrzeugen zu sehen. Es war schwierig, die Orientierung zu behalten. Plötzlich stand ein unbeleuchtetes Auto vor ihm. Geigensauer bremste und wäre beinahe auf das Auto von Inspektor Timischl aufgefahren. Er stieg aus, lief zur Fahrertür und klopfte an. Die Scheibe fuhr hinunter und eine Taschenlampe blendete Geigensauer.

„Ach, Sie sind es, Geigensauer. Was wollen Sie denn hier? Jetzt haben Sie vielleicht Tarbentic auch noch verscheucht“, raunzte ihn Inspektor Timischl an.

Er deutete in Richtung Kapelle. Als sich Geigensauers Augen von der Blendung erholt hatten, konnte er den schwachen Schein von roten Stopplichtern erkennen, die sich immer mehr entfernten.

„Steigen Sie ein zu mir und plaudern wir ein bisschen“, meinte Timischl und zeigte auf den Beifahrersitz.

„Wir müssen Enzing helfen“, legte Geigensauer aufgeregt los, „er hat mich angerufen, weil er Sie nicht erreichen konnte. Er sagte, in wenigen Minuten würde der Mörder zu ihm zur Kapelle kommen. Ich solle ihm mit der Polizei zu Hilfe eilen.“

„Das muss ein Faschingsscherz sein“, erwiderte Timischl ganz ruhig. „Enzing ist schon vor zwanzig Minuten von der Kapelle Richtung Kohfidisch weggefahren und Tarbentic ist alleine geblieben. Die Hoffnung, dass sich bei diesem Treffen etwas Besonderes ergeben würde, war umsonst. Gott allein weiß, worüber sie sprachen. Vielleicht über die neueste Mode bei Gartenzwergen.“

„Der Anruf klang nicht nach einem Scherz. Ich spüre, dass Enzing unsere Hilfe benötigt“, beharrte Geigensauer aufgeregt.

„Sie können gerne zur Kapelle hingehen. Aber es ist sicherlich niemand mehr dort.“

Inspektor Timischl reichte Geigensauer seine Taschenlampe. Geigensauer rannte los. Bald hatte er die Stelle erreicht, wo der Feldweg zur Kapelle abzweigte. Ziemlich frische Fahrspuren bogen hier in den Güterweg ein und führten Richtung Kohfidisch auf die Felder hinaus. Sie mussten von Enzing stammen. Mit wenigen Schritten hatte Geigensauer die Kapelle erreicht. Außer den Reifenspuren von Enzing und Tarbentic gab es noch deren Fußspuren. Vermutlich war Tarbentic zu Enzing ins Auto gestiegen oder umgekehrt. Von beiden war nichts zu sehen. Nachdenklich ging Geigensauer zurück. Als er an die Stelle kam, wo der Feldweg in den Güterweg einbog, fragte er sich, warum Enzing über die Felder Richtung Kohfidisch gefahren war. Die Gefahr, irgendwo stecken zu bleiben, war nicht gering. Warum war Enzing nicht nach Güttenbach zurückgefahren? Hatte er das Auto von Inspektor Timischl gesehen? Geigensauer kehrte zu Inspektor Timischl zurück und setzte sich zu ihm ins Auto.

„Es war niemand mehr dort.“

„Das habe ich Ihnen ja gesagt."
„Enzing sagte, dass er Sie telefonisch nicht erreichen konnte."
„Kein Wunder. Mein Handy war nicht eingeschaltet."
Inspektor Timischl nahm sein Handy von der Mittelkonsole und schaltete es ein.
„Ich muss es aus Versehen ausgeschaltet haben, nachdem ich mit Ihnen telefoniert habe."
„Das Netz ist ausgefallen, nachdem mich Enzing angerufen hatte."
„Tatsächlich."
Inspektor Timischl legte sein Handy wieder zur Seite.
„Ich werde Enzing und Tarbentic weiter beobachten. Man darf nie aufgeben", versuchte Inspektor Timischl einen Übergang zur Normalität.
„Warum ist Enzing nicht zurück nach Güttenbach gefahren?", Geigensauer ließ diese Frage nicht los.
„Darüber habe ich auch schon nachgedacht."
Inspektor Timischl wollte sich eine Zigarette anzünden. Plötzlich ließ er die Packung fallen.
„Mein Gott, die Kapelle am Meierhof", entfuhr es ihm.
Er startete sofort den Wagen und fuhr, so schnell es ging, den Spuren von Enzing nach.
„Sie meinen, Enzing hat von der Kapelle am Meierhof gesprochen?"
„Vielleicht?"
Bald bogen sie nach links ab und erreichten den Güterweg nach Mischendorf, der am Meierhof vorbeiführte. Die Spuren liefen nicht zurück nach Güttenbach. In dieser Richtung war die weiße Schneedecke auf der Straße völlig unberührt. Sie führten Richtung Meierhof und Mischendorf. Weder Geigensauer noch Timischl sprach ein Wort. Im dichten Schneetreiben kam ihnen ein Auto rasch entgegen. Inspektor Timischl musste ganz an den Rand ausweichen und sein Auto kam leicht ins Schleudern.
„Idiot!", schimpfte Inspektor Timischl, „der wird bald an einem Baum landen."

Sie erreichten die Abzweigung zum Meierhof. Es gab Spuren Richtung Mischendorf und Richtung Meierhof. Inspektor Timischl bog, ohne zu zögern, zum Meierhof ein und fuhr bis zur Kapelle vor. Im Scheinwerferlicht tauchte ein geparktes Auto auf.

„Der Wagen gehört Enzing“, sagte Inspekor Timischl und brachte sein Auto in unmittelbarer Nähe zum Stehen. Sie sprangen aus dem Wagen und liefen zur Kapelle hin. Geigensauer leuchtete mit der Taschenlampe das Gelände ab. Guido Enzing lag direkt vor der Kapelle im Schnee. Eine dünne Schneeschicht bedeckte ihn. Inspektor Timischl bückte sich.

„Kopfschuss aus nächster Nähe“, sagte er, als er sich wieder aufrichtete.

„Sagen Sie mir genau, was er am Telefon gesagt hat“, forderte Timischl Geigensauer auf.

„Es ist dringend. Ich kann Inspektor Timischl leider nicht erreichen. Der Mörder kommt in wenigen Augenblicken zu mir. Veranlassen Sie rasch, dass die Polizei kommt. Ich bin hier bei der Kapelle…“

Bei dem Gedanken, dass der Mörder vor wenigen Minuten noch hier gewesen war, überkam Geigensauer ein eigenartiges Gefühl. Es kam ihm vor, als ob er als Schauspieler beim Abdrehen einer Filmszene dabei sei, fernab der Realität.

„Enzing war klüger als wir. Er kannte den Mörder. Eigentlich sollte ich meine Kollegen verständigen.“

Inspektor Timischl hielt sein Handy nachdenklich in der Hand. Aber es gab noch immer keinen Anschluss an das Netz. Ein leichter Wind hatte sich gehoben und blies den Schnee über die Felder. Nur der Lichtkegel der Taschenlampe durchbrach die Finsternis der Nacht und machte den Schneefall sichtbar.

„Weit kann der Mörder noch nicht gekommen sein“, sagte Inspektor Timischl nachdenklich und steckte sich eine Zigarette in den Mund. Die beiden Männer blickten einander an. Sie hatten den gleichen Gedanken. Ohne ihn zu äußern, stiegen sie wieder ins Auto ein und fuhren Richtung Güttenbach. Inspektor Timischl hatte vergessen seine Zigarette anzuzünden. Unruhig wanderte sie von einem Mundwinkel zum anderen. Bald hatten sie die Stelle erreicht, wo sie von den Feldern kommend eingebogen waren. Die Spur des Autos, das ihnen auf der Fahrt zum Meierhof entgegengekommen war, durchzog die sonst unberührte Schneeoberfläche auf der Straße Richtung Güttenbach.

„Eine Fährte direkt zum Mörder", lächelte Timischl. Ein paar Minuten später hatten sie den Ort erreicht.

„Das darf nicht wahr sein", entfuhr es Inspektor Timischl. Er blieb stehen und zündete sich seine Zigarette an.

Die Straßen im Ort waren vor kurzem frisch geräumt worden.

„Vielleicht parkt vor einem Haus ein Auto, das nicht verschneit ist."

Geigensauer wollte nicht aufgeben. Inspektor Timischl machte eine abwertende Handbewegung, aber er setzte den Wagen wieder in Bewegung und sie fuhren ganz Güttenbach ab. Doch sie fanden kein abgestelltes, nicht verschneites Auto.

„Ich glaube, ich bringe Sie zu Ihrem Auto zurück.", meinte Inspektor Timischl, „heute können Sie mir nicht mehr helfen."

Nur mit Mühe konnte dann Geigensauer durch die Schneewechten nach Hause fahren. Der Wind hatte stark aufgefrischt und Wolken von Schnee wurden über die Felder getrieben. Im Ort erhellten die Straßenlampen die Nacht wieder. Erst als Geigensauer in der warmen Küche war und sich der feuchten Kleider entledigt hatte, stand es klar und deutlich vor seinen Augen: Der Mörder hatte wieder zugeschlagen. Sein sechsmonatiger Aufenthalt in Güttenbach hatte es nicht verhindern können. Welche Hinweise hatten Enzing zum Mörder geführt? Waren es wirklich die Geschäfte, die Lastenecker Enzing gegenüber angedeutet hatte? Geigensauer war ratlos und niedergeschlagen.

Er schaltete den Fernseher ein und ließ sich willenlos über das Liebesleben der Ameisen informieren. Gegen Mitternacht überkam ihn dann eine beruhigende Müdigkeit. Er warf noch einen letzten Blick hinaus. Der Wind war noch stärker geworden und hatte den Schnee von den Dächern und Ästen der Bäume herab geblasen. An den windgeschützten Plätzen zwischen den Häusern türmten sich Schneewechten in die Höhe.

In den Frühnachrichten von Radio Burgenland wurde ein längeren Bericht über den Mord an Guido Enzing gesendet Natürlich wurde auch eine Verbindung zum Mord an Lastenecker vermutet. Schließlich war Enzing lange Zeit als Hauptverdächtiger im Mordfall Lastenecker in Untersuchungshaft gesessen.

Erst am Nachmittag kam die Sonne zum Vorschein und ein hellblauer Winterhimmel überstrahlte die weiße Pracht des frisch gefallenen Schnees. Kaum war die Sonne untergegangen, kühlte es markant ab. Eine bitterkalte Winternacht stand bevor. Weder Inspektor Timischl noch Drubovic meldeten sich bei Geigensauer. Den ganzen Abend über las Geigensauer „Anna Karenina". Als er gegen Mitternacht noch einmal auf das Außenthermometer blickte, stellte er eine Temperatur von minus 19 Grad fest.

Am nächsten Morgen hatte es minus 22 Grad. In der Mailbox fand Geigensauer eine Nachricht von Drubovic. Für 15 Uhr war eine Lagebesprechung mit Timischl und ihm geplant. Damit Geigensauers Nähe zur Polizei nicht öffentlich bekannt wurde, war als Treffpunkt ein Gasthaus in einer entlegenen Ortschaft gewählt worden.

Inspektor Timischl saß bereits im Gastzimmer bei einem Bier.

„Lange nicht gesehen", meinte er lächelnd.

Geigensauer setzte sich zu ihm und bestellte sich einen russischen Tee. Sie waren die einzigen Gäste. Nachdem die Wirtin den Tee serviert hatte, verschwand sie in der Küche. Außer ihnen war nun niemand mehr im Gastzimmer. Inspektor Timischl zündete sich eine Zigarette an.

„Werden Sie noch lange in Güttenbach bleiben?"

„Das hängt nicht nur von mir ab. Aber natürlich würde ich gerne mithelfen die Morde aufzuklären."

„Ist Ihnen nicht langweilig in Güttenbach?"

„Nein, überhaupt nicht. Ich habe meine Dissertation ein großes Stück weitergebracht und auch die Arbeit für die Zentralanstalt für Meteorologie und Geodynamik ist nicht uninteressant. Sie halten mich hier wohl für unnötig?"

„Nein, ich befürchte nur, dass man Sie wegen Erfolglosigkeit abziehen könnte. Ich habe nichts gegen Sie."

Timischl schüttelte seinen Kopf und schloss dabei seine Augen.

„Ich hätte kein Problem damit, wenn Sie den Fall lösen würden. Ich möchte nur diesen Mörder finden. Verstehen Sie? Ich liebe meine Heimat, ihre Ruhe und Abgeschiedenheit. Dieser Mörder muss gefunden werden. Ich habe einmal gesagt, dass zwei Morde mehr als genug sind, und jetzt sind es vier. Wir müssen den Mörder finden."

Geigensauer nickte. Vielleicht würde er Inspektor Timischl irgendwann einmal sympathisch finden. Die Tür zur Gaststube ging auf und Drubovic trat ein.

„Bei Wöllersdorf war natürlich ein Stau und am Wechsel eine Baustelle", entschuldigte er seine Verspätung, „also, wie sieht es aus?"

„Die Fakten zuerst", schlug Inspekor Timischl vor.

„Wenn ich bitten darf. Gibt es da keine Bedienung?"

Drubovic stand auf, öffnete die Küchentür, und rief: „Bedienung, bitte!" Nachdem er sich wieder gesetzt hatte, begann Inspektor Timischl: „Guido Enzing wurde mit der selben Waffe erschossen, mit der auch Betka Hanuliankova und der Leiter der Volksmusikgruppe getötet wurden."

Die Wirtin kam in die Gaststube, trat zu ihnen und sagte: „Welche Ehre, der Herr Drubovic ist wieder einmal unter uns. Was darf es sein?"

„Ein Bier und etwas zum Essen. Ich hatte noch kein Mittagessen."

„Da schaut es schlecht aus. Würstel oder Toast?"

„Würstel."

Die Wirtin brachte das Bier und zog sich wieder zurück.

„Die Spurensuche am Tatort fällt unter den Titel: ‚Vom Winde verweht'", setzte Inspektor Timischl fort, „doch ich bin überzeugt, dass es nur einen Mörder gibt."

„...der Hanuliankova, den Leiter der Volksmusikgruppe, Lastenecker und Enzing ermordet hat", setzte Drubovic fort.

„Was meinst du?", fragte er Geigensauer.

„Das glaube ich auch. Und er war einmal, vielleicht sogar zweimal in Lasteneckers Haus. Wenn man nur wüsste, was er dort gesucht hat?"

„Auf jeden Fall hat er uns eine Spur hinterlassen."

Inspektor Timischl holte ein Kunststoffmodell des Fußabdruckes aus Lasteneckers Garten aus seiner Jackentasche.

„Das trage ich immer bei mir und ich werde den Träger des Schuhs finden."

„Wenn die Schuhe noch existieren", wandte Drubovic ein.

Die Wirtin brachte die Frankfurter und musste drei weitere Bier servieren.

„Guido Enzing war in einem Gasthaus in Deutsch-Tschanschendorf einquartiert. Diese Zettel haben wir in seinem Zimmer gefunden."

Timischl reichte Geigensauer und Drubovic jeweils ein beschriebenes Blatt. Darauf standen folgende Zeilen:

Sehr geehrter Herr!

Ich weiß, dass Sie mit Hugo Lastenecker Geschäfte gemacht haben, bevor er ermordet worden ist. Außerdem weiß ich, dass Sie etwas dringend benötigen, was Sie in Lasteneckers Haus vermuten. Ich glaube, ich kann Ihnen helfen. Rufen Sie mich an!

0664/ 58 55 667

Als Geigensauer und Drubovic wieder aufsahen, sagte Inspektor Timischl: „Es lagen etwa zehn Kopien davon und Briefkuverts auf dem Tisch. Aber leider keine Adressen. Wir wissen also nicht, an wie viele Menschen Enzing so einen Brief geschrieben hat. Scheinbar hat Enzing vermutet, dass Lasteneckers Geschäfte nicht astrein waren. Das könnte auch die Besuche des Mörders bei Lastenecker erklären."

„Haben sich Leute gemeldet, die einen solchen Brief erhalten haben?", fragte Drubovic.

„Nein, wir wissen nur, dass Tarbentic einen solchen bekommen hat, und vermuten vom Mörder dasselbe."

„Warum hat sich Tarbentic bei Enzig gemeldet?", wollte Geigensauer wissen.

„Ich habe Tarbentic gestern befragt. Er arbeitete in Wien als Maurer. Seine Unterkunft lag in unmittelbarer Nähe des Friseursalons von Lastenecker. Tarbentic ist langjähriger Kunde von Lastenecker gewesen. Zu dieser Zeit hatte Tarbentic in Wien eine Freundin, die auch Lastenecker bekannt war. Er wollte auf keinen Fall, dass seine Frau von dieser ehemaligen Beziehung erfährt."

„Warum hat Enzing vorgestern Tarbentic noch einmal getroffen?", fragte Geigensauer.

„Enzing wollte wissen, ob in der Umgebung von Güttenbach noch weitere Personen wohnten, die Lastenecker von früher kannten."

„Und gibt es solche?"

Drubovic hatte seine Würstel gegessen und den Teller zur Seite gestellt.

„Tarbentic kennt niemanden."

„Aber Enzing muss noch jemand gekannt haben."

„Genau. Und dieser jemand, der Mörder, hat Enzing angerufen, während dieser mit Tarbentic bei der Kapelle sprach."

„Tarbentic hat das Gespräch mitgehört?"

„Ja, es war ein ganz kurzes Gespräch. Enzing vereinbarte mit dem Anrufer, sich in einer Viertelstunde bei der Meierhofkapelle zu treffen."

„Hat Enzing zu Tarbentic etwas gesagt?"

„Das könnte mein Mann sein, war sein einziger Kommentar gewesen. Dann ist er Richtung Meierhof abgefahren. Dort hat er zunächst versucht mich zu erreichen. Aber ich hatte mein Handy aus Versehen abgeschaltet, nachdem ich mit dir gesprochen hatte."

Inspektor Timischl deutete mit der Hand auf Geigensauer.

„Dann hat Enzing mich angerufen", fuhr Geigensauer fort, „und Enzings Stimme klang durchaus besorgt. Ich glaube, in diesem Augenblick wusste er, in welcher Gefahr er schwebte."

„Fassen wir zusammen", begann Drubovic, „der unbekannte Täter ermordete Betka Hanuliankova und den Leiter der Volksmusikgruppe und versucht, Ausländerhass als Motiv vorzutäuschen. Sein wirkliches Motiv kennen wir nicht. Dann tötete er höchstwahrscheinlich Hugo Lastenecker und versuchte, den Jugendlichen den Mord in die Schuhe zu schieben. Vermutlich liegt der Grund für den Mord in den Geschäften, die er mit Lastenecker führte. Die Geschäfte könnten mit einem Gegenstand zu tun haben, den der Täter im Haus von Lastenecker vermutet. Daher kehrt er einmal, vielleicht sogar zweimal in das Haus von Lastenecker zurück. Da er auf Enzings Brief eingegangen ist, hat er diesen Gegenstand bei seinen Besuchen nicht entdeckt. Später versucht er, mit Hilfe der aufgehängten Strohpuppe die Polizei auf rechtsradikale Gruppen zu lenken. Dann erhält der Täter Enzings Brief und fühlt sich bedroht. Vielleicht beschließt er sofort, Enzing zu töten, oder tut es spontan, nachdem er von Enzing als Mörder bezeichnet wird."

Einen Augenblick lang herrschte zustimmende Stille zwischen den drei Männern.

„Vielleicht finden wir über das Handy von Enzing eine Verbindung zum Täter", schlug Geigensauer vor.

„Das Handy hat der Täter ziemlich sicher beseitigt. Weder bei Enzing, noch in seinem Wagen, noch in seinem Zimmer konnten wir es finden", erwiderte Inspektor Timischl, „und A1 konnte uns nur mitteilen, dass Enzings Gesprächspartner mit einem Wertkartenhandy von T-Mobil telefoniert hat. Und unter dieser Nummer ist natürlich niemand zu erreichen."

„Schaut nicht gut aus für die Ermittlungen", zog Drubovic eine Bilanz und keiner widersprach ihm.

„Natürlich ist der Chef nicht begeistert", fuhr Drubovic fort. „Glück im Unglück, dass in den Medien das Schneechaos den Mord übertönt hat."

Er blickte zu Geigensauer.

„Du sollst deine Dissertation fertig stellen und danach nach Wien zurückkehren. Spätestens mit Ende Juni ist deine Mission beendet. Ich finde, dass ist ein sehr faires Angebot."

Geigensauer nickte.

„Ich werde nicht aufgeben und wenn ich alle Schuhe im Südburgenland untersuchen muss", sagte Inspektor Timischl und hielt das Beweisstück hoch.

Samstag am Abend fuhr Geigensauer nach Harmisch zu einer Theatervorstellung. Die Gegend um das Gasthaus war bereits verparkt, und die Schlange der Menschen, die Karten für die Vorstellung kaufen wollten, reichte bis auf die Stiege, die zum Eingang führte. Geigensauer saß neben Gerhard Enger, einem in Güttenbach ansässigen Frächter. Die Blasmusik von Punitz spielte zwei Lieder. Im Stück gefiel Geigensauer am besten die Darstellung einer ausländischen Reinigungskraft namens Fatima, deren ständige Redewendung „Fatima ist nur geringfigig beschäftigt" ihm noch lange im Ohr blieb.

„Herr Geigensauer, Sie haben doch eine Ahnung von polizeilichen Dingen?", fragte Gerhard Enger während der Pause.

„Wieso?"

„Sie arbeiten doch im Innenministerium?"

„Ich habe dort gearbeitet, aber seit Herbst beschäftige ich mich nur mehr mit meiner Dissertation und nebenbei betreibe ich die Wetterstation."

„Muss man eine Beobachtung im Zusammenhang mit einem Verbrechen der Polizei melden?"

„Natürlich!"

„Und wenn man sich nicht sicher ist, ob der Hinweis richtig ist."

„Inwiefern?"

„Nun, man will doch keinen Unschuldigen in die Ermittlungen hineinziehen."

„Selbst, wenn es einen Nachbarn betrifft, sollte man es der Polizei melden."

Enger schwieg für einen Augenblick. Dann wandte er sich mit einem Ruck wieder Geigensauer zu.

„An dem Abend, an dem der Mord am Meierhof geschah", setzte Enger das Gespräch fort, „bin ich mit meinem Pflug ausgefahren, um die Straßen im Ort zu räumen, denn schließlich werden ja nur die Landesstraßen von der Straßenmeisterei betreut. An diesem Abend waren nicht viele Menschen unterwegs. Im Ort gab es nur wenige Fahrspuren und die Straße zum Meierhof war völlig verschneit."

Enger blickte Geigensauer bedeutungsvoll an.

„Und?", fragte Geigensauer leichthin.

„Ich habe ein Auto vom Meierhof kommen gesehen, während ich an der Abzweigung die Kreuzung vom Schnee befreite."

„Wer war es denn?", versuchte Geigensauer möglichst harmlos zu fragen.

„Hofrat Münster."

„Ach, der Hofrat."

„Aber er wird mit den Vorfällen am Meierhof doch nichts zu tun haben?", meinte Enger besorgt.

„Nein, aber Sie sollten es doch Inspektor Timischl melden."

Das Stück begann wieder, aber Geigensauer konnte der Aufführung nicht mehr richtig folgen. Seine Gedanken waren mit Hofrat Münster beschäftigt.

Langsam fuhr Geigensauer durch die kalte, sternenklare Winternacht nach Güttenbach zurück. Er kam am Haus von Hofrat Münster vorbei. Auf einem vom Schnee befreiten Abstellplatz stand dessen Auto. In der Mordnacht hatten er und Inspektor Timischl dort kein Auto gesehen. Möglicherweise hatte die Information von Gerhard Enger auch nichts zu bedeuten. Trotzdem informierte er Inspektor Timischl.

Gerhard Enger meldete seine Beobachtung dann doch Inspektor Timischl. Nachdem dieser Hofrat Münster befragt hatte, trafen einander Geigensauer, Drubovic und Inspektor Timischl wieder zu einer Besprechung.

„Ich hatte mein Kommen nicht angekündigt", begann Inspektor Timischl, „und Hofrat Münster wirkte von meinem Besuch sehr überrascht. Er führte mich in sein Arbeitszimmer. Dort türmten sich am Schreibtisch Bücher und Schriften, die sich mit dem pannonischen Raum und Motorflugzeugen beschäftigten."

„Und wusste er, wo er am Tag des Mordes gewesen ist?", unterbrach Drubovic ungeduldig.

„Auf Grund seines Terminkalenders und des im Gedächtnis gut verankerten, außergewöhnlichen Schneefalls konnte Hofrat Münster leicht Auskunft geben. Er war nach Wien gefahren, um einen Blick auf sein Haus in Grinzing zu werfen. Dann hatte er in der Shopping City Süd ein neues Notebook gekauft."

„Kann er das beweisen?"

Drubovic machte zwei tiefe Züge aus seiner Zigarette.

„Er zeigte mir die Rechnung dafür. Der Kauf erfolgte um 16 Uhr."

„Bis 20 Uhr ist noch viel Zeit vergangen", warf Geigensauer ein.

„Auf Grund des starken Schneefalls dauerte seine Heimfahrt sehr lange. Das kann sein, ist aber nicht überprüfbar. Er erreichte erst gegen 20 Uhr Güttenbach. Er erinnerte sich an zwei Fahrzeuge, denen er während der Fahrt am Güterweg von Mischendorf nach Güttenbach begegnet war, nach der Abzweigung zum Meierhof: einem roten Opel Astra und bei der Einfahrt nach Güttenbach einem Schneepflug."

„Der rote Opel Astra, das waren wir", erklärte Geigensauer und Inspektor Timischl nickte.

„Wir habe uns nicht verschaut“, fuhr Inspektor Timischl fort, „sein Auto stand nicht bei seinem Haus. Er hat sein Lieblingsgasthaus in Neuberg aufgesucht und dort zu Abend gegessen. Der Wirt konnte sich noch gut daran erinnern.“

Drubovic zuckte mit den Schultern: „Also sind wir wieder keinen Schritt weitergekommen! Ich habe mit einem älteren Kollegen aus dem Ministerium über den Fall in Güttenbach geplaudert und dabei auch Hofrat Münster erwähnt. Der Kollege kennt Hofrat Münster noch aus der Zeit, wo dieser im Bundeskanzleramt gearbeitet hatte. Er hält ihn für völlig unverdächtig. Er sei ein einsamer alter Mann, dessen einzige Freuden schon vor seiner Pensionierung die kroatische Sprache und die pannonische Kultur waren. Im Ruhestand hätte Hofrat Münster ausgedehnte Reisen durch den pannonischen Raum gemacht, bis er sich in Güttenbach niedergelassen hatte. Seit damals war er kaum noch in Wien gewesen, und der Kollege hatte ihn auch schon Jahre nicht mehr gesehen. Ich denke, Hofrat Münster ist unverdächtig.“

„Vielleicht. Für mich bleiben alle verdächtig, auch Hofrat Münster“, entgegnete Inspektor Timichl, „und das, obwohl von seinen Schuhen, die ich im Vorraum untersuchte, keiner mit unserem Abdruck übereinstimmte.“

Der Frühling kam und weder Geigensauer noch Inspektor Timischl waren bei der Aufklärung der Morde einen Schritt vorangekommen. Geigensauer tröstete sich damit, dass er seine Dissertation im Wesentlichen fertig gestellt hatte. Er plante, am Montag nach Wien zu reisen, um mit seinem Professor den Abschluss der Dissertation zu besprechen.

Am Sonntagabend wollte er noch eine Theatervorstellung in der Ortschaft Eisenberg besuchen. Schon am Nachmittag fuhr er dort hin und ging durch die Weingärten hinauf auf den Eisenberg. Es war der erste warme Tag. Der Schnee war fast zur Gänze geschmolzen. Nur einige graue Haufen und Schneeflecken im Wald erinnerten noch an den Winter. Auf der Höhe angekommen schaute Geigensauer beim Weinkeller der Familie Drubovic vorbei. Niemand war dort zu sehen, die Läden der Fenster waren fest verschlossen. Er setzte sich auf die Bank neben dem Haus nieder, schloss die Augen und die Wärme der Sonne erfüllte ihn mit Wohlbehagen. Neben dem Summen der Bienen und Fliegen hörte er nur ab und zu ein paar Gesprächsbrocken vorübergehender Spaziergänger. Kaum war die Sonne im Westen hinter den ausgedehnten Wäldern, die sich Richtung Güssing erstreckten, verschwunden, wurde es kalt.

Geigensauer ging in den Ort hinunter und nahm in der Veranstaltungshalle Platz. Er war überrascht, als Hofrat Münster den Saal betrat. Kaum hatte ihn dieser erblickt, steuerte er auch schon auf ihn zu. Vergebens vertiefte sich Geigensauer in das Programm.

„Ist hier noch frei, Herr Geigensauer?"

Hofrat Münster stand neben ihm. Er trug einen faltigen, grauen Anzug. Der oberste Hemdknopf war offen und die Krawatte weit geöffnet. Die graue Haarpracht wirkte ungeordnet. Nichts Hofrätliches war an diesem Äußeren zu finden.

„Bitte."

Hofrat Münster ließ sich neben ihm in den Sessel fallen.

„Gehen Sie gerne ins Theater?", fragte Hofrat Münster noch, während er sich mit einem zerknitterten Taschentuch ein paar Schweißperlen von der Stirn wischte.

„Ganz schön heiß heute", fuhr er fort, ohne auf eine Antwort von Geigensauer zu warten. „Mich interessiert der Dialekt der Schauspieler. Der ist einmalig in dieser Gegend."

Geigensauer nickte stumm. Erst in zehn Minuten würde die Vorstellung beginnen.

„Sind Sie mit Ihrer Dissertation schon fertig?", redete Hofrat Münster weiter, obwohl er nach Luft schnappte.

„Ziemlich weit. Nächste Woche fahre ich nach Wien. Danach werde ich meine Arbeit abschließen."

„Wie lange bleiben Sie in Wien?"

„Nur kurz. Dann komme ich nach Güttenbach zurück."

„Ich werde auch nach Wien fahren müssen. Freitags habe ich einen Brief von der Tochter einer Cousine meiner Mutter bekommen. Diese Cousine und ihre Tochter Jane sind die einzigen Verwandten, die ich noch habe. Sie leben in den USA in North Dakota. Seit vierzig Jahren habe ich mit diesem Teil meiner Familie keinen Kontakt mehr gehabt. Wir haben nicht einmal Fotos voneinander. Jane will in diesem Frühling Europa besuchen. Sie wissen schon. Ein bisschen Florenz und Venedig, ein bisschen Matterhorn und Athen, ein bisschen Paris und London. Aber zu Beginn kommt sie nach Wien. Sie will mich kennen lernen, und ich soll ihr Wien zeigen. Ich hasse es aber, den Fremdenführer zu spielen."

Hofrat Münster schien über den Besuch seiner Verwandten wenig begeistert.

„Ist es nicht schön, den Kontakt mit seinen Verwandten zu pflegen?"

„Geigensauer, ich kenne Sie, Geigensauer, wesentlich besser als eine Tochter der Cousine meiner Mutter. Ich bin sehr gut eingeübt im Leben ohne Verwandte. Das können Sie mir glauben. Wann fahren Sie nächste Woche nach Wien?"

„Morgen, am Vormittag."

„Jane kommt am Mittwoch am Nachmittag in Wien an."

Geigensauer nahm die Gelegenheit wahr, das Frage-Antwort-Spiel umzudrehen.

„Wird Jane bei Ihnen in Grinzing wohnen?"

„Nein, nein. Das Haus war jetzt fast drei Jahre unbewohnt. Wegen einer Woche möchte ich es nicht in Betrieb nehmen. Jane wird im Hotel schlafen."

„Und Sie?"

„Ich werde auch im Hotel übernachten. Würden Sie am Mittwoch dabei sein, wenn ich Jane vom Flughafen abhole, und an meiner Stelle mit ihr einen Spaziergang durch die Innenstadt machen?"

Geigensauer blickte Hofrat Münster mit ungespielter Verwunderung an. Hofrat Münster lächelte gezwungen. Geigensauer war sprachlos. Hofrat Münster legte das Schweigen von Geigensauer als Ablehnung aus.

„Aus alter Freundschaft heraus könnten Sie mir helfen. Es sind nur ein paar Stunden."

Langsam gewann Geigensauer seine Fassung wieder. Welche Anmaßung war es, wenn Menschen behaupteten, über Monate in die Zukunft zu sehen. Nicht einmal die nächsten fünf Minuten waren frei von Überraschungen.

„Einverstanden. Wo treffen wir einander?", ließ sich Geigensauer überreden.

„Um 17 Uhr in der Ankunftshalle. Ich werde für Jane einen Steirerhut mit Gamsbart als Erkennungsmerkmal tragen."

Es läutete und die Aufführung begann. Das Stück war sehr amüsant.

Geigensauer traf Hofrat Münster wie verabredet am Flughafen. Dieser war mit der Bahn gekommen, trug tatsächlich einen Steirerhut auf seiner grauen Mähne und hob sich gut von der Menge der Touristen mit ihren Schirmkappen ab. Die Passagiere des Fluges aus New York betraten die Ankunftshalle und tatsächlich näherte sich ihnen eine junge Dame, deren Äußeres den Vorurteilen von Geigensauer ganz und gar nicht entsprach. Weder war sie klein, übergewichtig und ungepflegt, mit einer Tüte Pommes frites in der Hand und in knallig bunten Farben gekleidet, noch blond und schlank wie ein Model und in ein Designerkostüm gepresst. Halblange, glatte, braune Haare fielen von ihrem wohlgeformten länglichen Kopf auf ihre Schultern. Ihre Augen waren von einem Dunkelbraun, das sich dem Schwarz näherte, die Lippen waren violett. Sie trug ein dunkelblaues T-Shirt, Jeans und schwarze Sportschuhe. Geigensauer unterschied grundsätzlich nur zwei Sorten von Frauen. Bei Frauen der ersten Sorte war sich Geigensauer sicher, dass er sich ihnen auch nicht nähern würde, wenn sie gemeinsam zwanzig Jahre auf einer kleinen Insel leben müssten. Jane gehörte zu der anderen Sorte.

„Hofrat Münster?“, fragte sie. Dieser nickte und umarmte sie.
„Schön, dich endlich kennen zu lernen“, fuhr sie fort.
„Das Vergnügen ist ganz auf meiner Seite.“
Jane blickte verwundert auf den daneben stehenden Geigensauer.
„Herr Geigensauer ist so freundlich, an meiner Stelle für dich den Fremdenführer zu spielen. In meinem Alter ist mir das schon zu mühsam.“
„Das ist sehr lieb von Ihnen“, lächelte Jane und reichte Geigensauer ihre Hand.
Geigensauer brachte die beiden mit seinem Wagen zum Schlosshotel Schönbrunn. Dort hatte Hofrat Münster die Zimmer bestellt. Als Geigensauer bei der Hietzinger Kirche parkte, fragte ihn Hofrat Münster: „Gehen Sie gerne in die Oper?“
„Eigentlich schon.“
„Ich nicht. Ich kann das Gekreische der Sopranistinnen nicht ertragen. Wollen Sie statt mir mit Jane am Freitag am Abend in die Staatsoper gehen?“
„Gerne. Was spielen sie?“
„Den Troubadour von Verdi.“
„Wunderbar. Das ist eine meiner Lieblingsopern.“
„Gut, abgemacht. Können Sie Jane abholen kommen, so um 18 Uhr. Die Vorstellung beginnt um 19 Uhr.“
Geigensauer stimmte zu, obwohl er sich durchaus bewusst war, dass ihn Hofrat Münster so lenkte, wie es für ihn bequem war. Trotzdem machte es Geigensauer Spaß, Jane die nächtliche Stadt zu zeigen.

Geigensauer war mehr als gut gelaunt, als er Freitag am Abend zusammen mit Jane in der U-Bahn Richtung Karlsplatz unterwegs war. Er war in Begleitung einer hübschen, jungen Dame mit anziehendem Lächeln und sollte in Kürze in den Genuss der genialen Musik von Guiseppe Verdi gelangen. Der Inhalt der Oper „Der Troubadour“ war Jane nicht fremd. Dabei fällt es manchem alt bewährten Opernliebhaber nicht so leicht, die Handlung dieser Oper aus dem Stegreif zu erzählen. Jane trug ein eng anliegendes Kleid aus schwarzem Samt, das sie eigens für Theaterbesuche mitgenommen hatte.

Hofrat Münster hatte sich sehr großzügig gezeigt. Sie saßen in einer Parterreloge in der ersten Reihe und hatten einen wunderbaren Ausblick auf Bühne, Orchester und Publikum. In der großen Pause spazierten sie auf die Dachterrasse hinaus und blickten auf die nächtliche Ringstraße hinab. Die kühle Nachtluft erfrischte wohltuend nach der Hitze, die im Zuschauerraum herrschte.

„Hofrat Münster ist nicht begeistert über meinen Besuch", meinte Jane plötzlich. Dabei sah sie Geigensauer fragend an. „Er ist so zurückhaltend. Er will mir sein Haus in Grinzing nicht zeigen.

„Er ist ein alter Mann", erwiderte Geigensauer kurz, dem es fern lag, Hofrat Münster zu entschuldigen.

„Aber er hat doch keine anderen Verwandten mehr als uns. Nicht einmal ein Foto von ihm darf ich für meine Mutter machen."

„Vielleicht lebt er schon zu lange alleine?"

Geigensauer hatte kein großes Verlangen über das seltsame Benehmen von Hofrat Münster nachzudenken, denn er konnte ihn ohnehin nicht leiden.

„Schon morgen will er mit mir ins Burgenland fahren. Dabei gibt es hier noch so viel zu sehen."

Jane deutete mit ihren Händen über das nächtliche Wien.

„Das Burgenland ist auch schön", erwiderte Geigensauer. Jane drehte sich zu Geigensauer und blickte unbeirrt in seine Augen, während sie sprach:

„Nächste Woche Sonntag geht mein Flug nach Florenz. Ich möchte noch unbedingt in das Kunsthistorische Museum und die Albertina. So gerne hätte ich eine Mozart-Oper in Wien gehört. Drei Tage Burgenland sind genug."

Dabei stellte sie sich mehrmals auf die Zehen und drehte ihren Kopf leicht zur Seite, ohne ihre Augen von Geigensauer abzuwenden. Gelähmt von ihrem Blick, der in sein Inneres drang, erwiderte Geigensauer nur: „Sie müssen nicht mit Hofrat Münster mitfahren."

Ihr Mund verzog sich zu einem kleinen Lächeln, ihr Blick wandte sich wieder dem nächtlichen Wien zu, und Geigensauer erkannte, dass Jane natürlich selber wusste, dass sie länger in Wien bleiben konnte. Mit einem Mal erfasste er die Situation.

„Wenn Sie wollen, begleite ich Sie in die Museen und die Oper und bringe Sie später ins Burgenland nach", sagte Geigensauer rasch.

„Das wäre sehr nett", sagte Jane, ohne sich Geigensauer wieder zuzuwenden. Er wusste nicht, was er sagen sollte, und entnahm dem Programmheft die Vorschau für den April.

„Am Montag spielen sie die Hochzeit des Figaro", stellte er fest, „aber Karten wird es vermutlich keine mehr geben."

„Schade."

Jane dreht sich wieder zu Geigensauer.

„Wir könnten auf den Stehplatz gehen", meinte Geigensauer und blickte knapp an Jane vorbei in die Nacht hinaus.

„So wie die Leute, die hinter den Sitzplätzen gestanden sind?"

Sie deutete in die Oper hinein.

„Ja. Es ist anstrengend, aber billig."

„Das machen wir", erwiderte Jane bestimmt. „Hofrat Münster muss alleine ins Burgenland vorausfahren. Wird er beleidigt sein?"

Geigensauer blickte Jane an und wollte sagen, dass ihm das egal war. Aber er sagte nur:

„Das glaube ich nicht."

Es läutete zum zweiten Mal, sie kehrten in ihre Loge zurück und genossen die hervorragende Vorstellung.

Hofrat Münster war nicht beleidigt. Er fuhr alleine ins Burgenland. Geigensauer und Jane verbrachten den ganzen Tag im Kunsthistorischen Museum. Am späten Nachmittag betraten sie dann die Staatsoper. Etwa vierzig Menschen warteten schon in einem langen Gang auf die Vergabe der Stehplatzkarten. Viele von ihnen lasen in Büchern, manche plauderten leise miteinander. Jane und Geigensauer ließen sich auf den Boden nieder.

Plötzlich läutete das Handy von Geigensauer. Er war nicht wenig überrascht, als er die Stimme von Inspektor Timischl erkannte.

„Ich habe einen passenden Schuh zu meinem Abdruck gefunden", sagte er so ruhig, als hätte er ein Hemd zu seinem Anzug ausgesucht.

„Wie denn das?", entfuhr es Geigensauer.

„Sie erinnern sich doch sicher noch an die rechtsradikale Schmieraktion."

„Natürlich!"

„Nun, letzte Woche am Mittwoch wurden am Markt in Oberwart NS-Devotionalien verkauft. Auf Grund der Personenbeschreibung eines Marktbesuchers konnten wir einen neunzehnjährigen HTL-Absolventen aus Pinkafeld ausfindig machen."

„Der ist der Mörder?", fragte Geigensauer ungläubig.

„Nein, lassen Sie mich ausreden. Wir haben ihn beschattet und tatsächlich hat er am Samstag in der Nacht an einem Geheimtreffen von Rechtsradikalen teilgenommen. Raten Sie einmal wo?"

„In Oberschützen?", versuchte es Geigensauer mit dem nahe Liegenden.

„Nein, am Rauchwarter Stausee. Wir haben gewartet, bis sie weit nach Mitternacht in ihre Zelte schlafen gegangen waren. Dann haben wir zugeschlagen."

„Wer trug die Schuhe?", fragte Geigensauer ungeduldig.

„Wir haben sechs junge Burschen verhaftet", fuhr Inspektor Timischl fort, ohne auf die Frage von Geigensauer einzugehen. „Nur der Anführer ist uns entkommen. Er musste in dem Augenblick, wo wir sie eingekreist hatten, gerade Pinkeln gewesen sein. Aber wir haben seine Schuhe."

„Na, bravo", entfuhr es Geigensauer.

„Die anderen haben rasch gestanden, dass sie die Schmieraktion durchgeführt hatten. Von der aufgehängten Strohpuppe wollten sie aber nichts wissen."

„Der Abdruck passt auf den Schuh des Anführers?"
„Ja. Der Anführer ist ein Serbe. Er heißt Vladimir Kustic."
„Ist er noch flüchtig?"
„Leider."
„Er wird schon irgendwo in Osteuropa untergetaucht sein."
„Glaube ich nicht, wir haben sofort die Grenzposten alarmiert. Die Wohnung von Kustic ist ein halbes Waffenarsenal. Nur die Tatwaffe des Mörders war nicht dabei. Geigensauer, ich bin zuversichtlich, dass wir den richtigen Mann suchen. Bis bald. Ich muss wieder zur Fahndung ausrücken."

Als Geigensauer das Gespräch beendet hatte, bemerkte er den forschenden Blick, mit dem Jane ihn beobachtete.

„Du bist von der Polizei?", fragte sie plötzlich.

„Nein, nein", erwiderte Geigensauer heftig. Er wollte auf keinen Fall, dass Hofrat Münster über Jane von seiner Ermittlertätigkeit erfuhr.

„Ein Freund von mir ist Inspektor bei der Kriminalpolizei und hat mir von seinem letzten Fall erzählt."

„Sind solche Ergebnisse nicht geheim?"

„Der Fall ist schon abgeschlossen."

Die Menschen waren aufgestanden und wurden von einem Billeteur in Zweierreihen vor einer Tür aufgestellt. Plötzlich lachte Jane: „Ich hatte einmal einen Freund, der spielte mir vor, er wäre von der Polizei, um mich zu beeindrucken."

„Ich bin nicht von der Polizei", beteuerte Geigensauer noch einmal.

Sie konnten Stehplätze in der dritten Reihe Parterre ergattern. Geigensauer wusste nicht genau, ob er nicht ein wenig in Jane verliebt war. Ohne Zweifel machte sie ihm schöne Augen. Aber Geigensauer war sich nicht sicher, ob das Feuerwerk an Blicken, Gesten und Lachen ihm galt oder weibliche Routinearbeit war. Wie immer erfüllte ihn die Ouvertüre mit ungestümem Tatendrang. Es gibt nicht viele Opern, bei denen einem im ganzen 1. Akt nicht auffällt, dass man steht. In der Pause wandelten Jane und Geigensauer auf die Dachterrasse hinaus. Mit einem schnellen Griff tastete Jane die Brust von Geigensauer ab.

„Pistole hast du keine", lachte sie.

„Ich bin kein Polizist", wiederholte Geigensauer lächelnd. Da meldete sich sein Handy erneut.

Wieder war es Inspektor Timischl.

„Schlechte Nachrichten, Geigensauer. Die Schuhe wurden vor drei Monaten beim Hofer als Arbeitsschuhe in Aktion verkauft. Allein in Oberwart und Güssing sind 6 Paar Schuhe der entsprechenden Größe verkauft worden."

„Und was ist mit Kustic?"

„Den suchen wir weiter."

Kaum hatte Geigensauer sein Handy ausgeschaltet, trat Jane ganz dicht an ihn heran.

„Anton, du bist Polizist."

Geigensauer gab keine Antwort und Jane lachte.

Am Heimweg dachte Geigensauer darüber nach, wie gut ihm Jane gefiel. Am Freitag würde sie nach Florenz weiterfliegen, und ihre Wege würden sich nie wieder kreuzen. Es war besser, nicht verliebt zu sein.

Am Mittwoch brachte Geigensauer Jane nach Güttenbach. Auf der Fahrt erinnerte er sich sehr deutlich an seine Anreise mit Drubovic vor sieben Monaten. Nach einer kurzen Rast am Wechsel erreichten sie gegen Mittag Güttenbach. Es war einer der seltenen, windstillen, warmen Apriltage. Löwenzahn färbte die Wiesen gelb und die Kirschbäume blühten. Geigensauer setzte Jane bei Hofrat Münster ab. Dieser war eben erst vom Flughafen Punitz zurückgekehrt, wo er mit dem Flugzeug ein paar Runden gedreht hatte. Am Nachmittag plante er mit Jane einen kleinen Rundflug über das Südburgenland. Er lud auch Geigesauer dazu ein, und dieser sagte nicht Nein.

Ein mäßiger Südostwind füllte den Windsack am Flughafen, als Geigensauer eintraf. Weder im Gasthaus noch beim Tower waren

Menschen zu sehen. Das Gelände wirkte verlassen. Hofrat Münster stellte sich als begeisterter und geschickter Flieger heraus. Von oben gesehen bot das südburgenländische Hügelland einen lieblichen Anblick. Sie flogen in einem großen Bogen über Großpetersdorf, Oberwart und Stegersbach nach Güssing und von dort wieder zurück. Bevor sie landeten, zeigte Hofrat Münster bei einigen engen Kurven sein Können. Für den nächsten Tag planten Jane und Geigensauer eine Radtour durch das Pinkatal.

Am Abend in der Küche seines Hauses fühlte sich Geigensauer geborgen. Durch das offene Fenster strömte die kühle Abendluft herein. Ein Hauch von Sommerstimmung lag über diese ersten längeren Abende. Das Telefon läutete. Er war mit den Gedanken so mit Jane beschäftigt gewesen, dass er ihre Stimme am Telefon erwartete. Aber es war Inspektor Timischl.

„Einen schönen guten Abend, Geigensauer."

„Ebenfalls", erwiderte Geigensauer, „was gibt es Neues?"

„Wir haben die Tatwaffe", antwortete Inspektor Timischl stolz.

„Gratuliere! Wo war sie?"

„Sie lag im Straßengraben neben der Bundesstraße zwischen Rauchwart und St. Michael. Als die Straßenmeisterei die Schneestangen entfernt hat, ist die Waffe entdeckt worden. Vermutlich hat sie Kustic auf seiner Flucht weggeschmissen. Fingerabdrücke fanden wir keine."

„Die Fahndung hat keine Erfolge gebracht?"

„Nein, aber wir sind ziemlich sicher, dass Kustic noch in Österreich ist. Die Grenzen werden sehr genau überwacht und ein internationaler Haftbefehl ist ausgestellt worden."

„Dann ist der Fall also gelöst."

„Es spricht vieles dafür."

„Und was soll Kustic mit Lastenecker zu tun gehabt haben?", wollte Geigensauer plötzlich wissen.

„Das habe ich mich auch gefragt. Aber unsere Nachforschungen haben ergeben, dass Kustic früher in Wien gewohnt hat, im dritten Stockwerk des Hauses, wo Lastenecker sein Friseurgeschäft hatte. Bewohner des Hauses können sich gut daran erinnern, dass Kustic Kunde bei Lastenecker war."

„Inspektor Timischl, ich glaube, man kann gratulieren."

„Noch nicht. Erst, wenn Kustic gefangen ist und gestanden hat. Bis dahin führe ich meine Ermittlungen in alle Richtungen weiter."

Wahrscheinlich war der Fall gelöst. Er hatte wenig zur Lösung des Falles beigetragen, und sollte Kustic verhaftet werden, würden die Sensationsmeldungen der Presse auch bald verstummen.

Geigensauer und Jane bestiegen in der Früh die Räder. Die Sonne schien von einem wolkenlosen, hellblauen Himmel. Sie fuhren über Kirchfidisch auf die Pinkataler Weinstraße. Mit Rückenwind und leicht bergab radelten sie ohne große Anstrengung durch die Weingärten nach Süden. In Gaas ging es zur Wallfahrtskirche Maria Weinberg hinauf. Der Friedhof lag malerisch um die schön renovierte Kirche. Sie rasteten oberhalb der Kirche und genossen den Ausblick auf die weite Ebene, die sich nach Ungarn erstreckte. Nur eine alte Frau kam, um die Blumen eines Grabes zu betreuen. Sonst waren sie mit dem Singen der Vögel und dem Summen der Bienen alleine.

„Hier könnte man länger bleiben", meinte Jane und streckte sich in der Wiese aus, wobei sie die Hände unter dem Kopf verschränkte, um den Ausblick weiter genießen zu können. Geigensauer ließ seinen Kopf auf der Erde ruhen und blickte durch die sprießenden Blätter der Bäume gegen den blauen Himmel.

„Nächste Woche um diese Zeit bin ich schon in Rom", spann Jane ihre Gedanken laut weiter. „Rom und Florenz habe ich immer für die Höhepunkte meiner Reise gehalten und jetzt möchte ich am liebsten ein wenig hier bleiben."

Geigensauer schwieg, denn er traute sich diese Worte nicht so zu deuten, wie er es gerne hätte. Vermutlich hatte sie eine Antwort von Geigensauer erwartet. Nachdem zwei Minuten schweigend vergangen waren, setzte sie sich mit einem Ruck auf, ordnete ihre

Haarpracht und sagte kalt: „In Florenz wird es sicherlich auch schöne Plätze geben."

Geigensauer versuchte, sich selbst zu durchschauen. Er war in Jane verliebt und zu feig, es ihr zu sagen. Doch er konnte sich mit dieser Erkenntnis nicht wirklich anfreunden. Sie brachen wieder auf. Bei Geigensauers Haus trennten sich ihre Wege. Erschöpft und verschwitzt stiegen sie ab und standen einander sprachlos gegenüber. Schließlich fand Jane zuerst die Worte wieder.

„Anton, danke für deine Begleitung in Wien und Güttenbach."

„Bitte, gern geschehen."

„Vielleicht komme ich während meiner Reise noch einmal nach Österreich."

Geigensauer zögerte einen Augenblick mit der Antwort, dann sagte er:

„Ich würde mich freuen, dich wieder zusehen."

Während er diese Worte sagte, bereute er sie fast schon. Er schaute ihr kurz in die Augen, dann blickte er an ihr vorbei und sagte zur Entschärfung des eben Gesagten: „Es war ziemlich anstrengend heute."

Wieder sah er sie an und dieses Mal hielt er ihrem Blick stand.

„Ich werde im Juni noch einmal kommen", sagte sie ruhig, schwang sich auf ihr Fahrrad und fuhr ohne sich umzudrehen davon. Geigensauer stellte sein Fahrrad an die Hauswand und spazierte durch seinen Garten. Er war zu unruhig, um sich niederzusetzen. Mehrmals ging er im Garten auf und ab.

„Suchen Sie etwas?", rief Valentin über den Zaun.

„Nein."

Geigensauer ging zu Valentin hin.

„Wie geht es euch?"

Auch Julia war herbeigelaufen und stand nun neben Valentin.

„Schlecht, ich muss noch für Mathematik lernen", entfuhr es Julia.

„Und ich für Englisch", klagte Valentin, „dabei ist es im Garten so schön."

„Aber die Schule dauert nicht mehr lange“, versuchte Geigensauer zu trösten.

„Es sind noch elf Wochen“, wusste Valentin ganz genau, und Geigensauer sah es Julia an, dass dies für sie eine sehr lange Zeit war. Einen Augenblick wollte Geigensauer wieder Kind sein und zwei Monate für eine Ewigkeit halten.

„Valentin, Julia!“

Die Kinder wurden von ihrer Mutter gerufen und liefen davon. Während Geigensauer zu seinem Haus ging, wurde ihm klar, dass der Zeitpunkt, bis er Jane wieder sehen würde, für ihn mindestens so weit entfernt war, wie für Julia der Schulschluss.

Der Mai war kalt und nass. Die Eismänner dehnten sich weit über die ihnen zugedachten Tage hinaus aus. Kustic wurde nicht verhaftet, und Inspektor Timischl hatte keine Neuigkeiten für Geigensauer. Auch von Jane kam keine Nachricht. Die Dissertation war angenommen worden und Geigensauer bereitete sich auf die Rigorosen vor. Im Juni nahmen Hitze und Sommer einen ersten Anlauf. Die Abende in Güttenbach wurden lau, und in der Nacht hörte man die Frösche quaken. Die Wiesen standen hoch. Geigensauer schätzte es sehr, in der Laube sitzend arbeiten zu können.

Eines Tages sah er Julia im Schatten eines Birnbaumes sitzen und in einer Zeitschrift lesen. Neben ihr lag ein großer Stoß Illustrierter in der Wiese. Valentin war nicht in der Nähe.

„Wo ist denn Valentin?“, rief Geigensauer Julia zu.

„Er macht einen Schulausflug.“

„Ist dir nicht langweilig, wenn Valentin fort ist.“

„Jetzt geht es wieder. Ich habe im Keller die Illustrierten gefunden, die mir Herr Lastenecker geschenkt hat. Er war sehr nett, der Herr Lastenecker.“

„Was interessiert dich denn am meisten in den Zeitungen?“

„Die Geschichten über Prinzessinnen und Königinnen. Die Königinnen sind so hübsch angezogen.“

„Willst du auch eine Prinzessin werden?“

Julia lächelte ohne zu antworten. Plötzlich stand sie auf, schnappte eine Zeitschrift und lief zu Geigensauer hin.

„Hier ist ein Bild von Lastenecker."

Sie zeigte es Geigensauer. Tatsächlich leuchtete ihm ein Foto entgegen, auf dem Lastenecker in seinem Friseurladen arbeitete. Der entsprechende Artikel hatte die Überschrift „Letzte Vorbereitungen für den Opernball". Darunter stand „Hofrat Münster, der für die Sicherheit am Opernball zuständige Beamte aus dem Bundeskanzleramt, lässt sich auch heuer wieder von seinem Lieblingsfriseur Hugo Lastenecker für das große Ereignis verschönern". Geigensauer schaute sich das Foto länger an. Es gab keinen Zweifel.

„Darf ich die Zeitung behalten?", fragte er Julia.

„Gerne, in dieser Zeitung gibt es keine schönen Bilder von Königinnen."

Geigensauer ging sehr nachdenklich durch den Garten zurück ins Haus, setzte sich in die Küche, und legte die Zeitungsseite mit dem Foto vor sich auf den Tisch. Die Sonne war über dem Nebelmeer, das die Morde verhüllt hatte, aufgegangen. Je länger Geigensauer nachdachte, desto mehr lichtete sich der Nebel. Er setzte sich an seinen Computer. In Kürze hatte er die Wiener Adresse von Hofrat Münster gefunden, denn es gab nur einen Hofrat Münster in Wien, wohnhaft in 1190, Himmelstraße Nr. 256. Geigensauer hätte Inspektor Timischl oder Drubovic von seinem Verdacht erzählen können. Doch er wollte den Fall alleine aufklären. Er beschloss, sich das Haus von Hofrat Münster noch heute anzusehen.

Zwei Stunden später parkte er bei der Kaasgrabenkirche in Grinzing. Die Kirchturmuhr schlug. Es war 18 Uhr. Die Hitze lag noch bleiern über der Stadt und auch in den Weingärten wurde sie durch keine Luftbewegung gelindert. Vorbei an einem Heurigen, dann durch die Weingärten und schließlich auf einer schmalen Straße zwei enge Kurven zwischen pompösen Villen empor, erreichte Geigensauer die Himmelstraße. Hohe Bäume umgaben das Haus Nr. 256. Wilder Wein verbarg eine Seite der Fassade vollständig. Die dichten Sträucher hinter der Umzäunung gewährten keinen Durchblick auf das Grundstück. Grünes Blech deckte die Gittertore der Einfahrt und des Zuganges zum Haus ab. Nur durch die Spalten zwischen den Toren und ihren Mauerpfeilern konnte Geigensauer in den Garten blicken. Aber er sah nicht viel. Das Namenschild war leer, so wie bei vielen Häusern, die in der Himmelstraße standen. Reiche Leute haben keine Namen. Geigensauer beschloss wieder zu kommen, wenn es dunkel war. Er ging weiter und erreichte die Anhöhe am „Himmel", auf der neben einem achteckigen Restaurant ein Kinderspielplatz und ein Baumkreis errichtet worden waren. Er setzte sich etwas abseits in die Wiese und beobachtete, wie die Nacht langsam über Wien hereinbrach.

In der Dunkelheit kehrte er zu Hofrat Münsters Haus zurück. Über den Zaun mit den eisernen Spitzen konnte er nicht klettern. Der letzte Mauerpfeiler, der an den Zaun des Nachbargrundstückes anschloss, war ungeschützt. Geigensauer blickte sich um. Das Haus auf der anderen Straßenseite wirkte unbewohnt wie das Haus von Hofrat Münster. Er stieg auf die steinerne Brüstung des Zaunes und wartete. Nichts geschah. Mit einem Schwung zog er sich auf den Mauerpfosten hinauf und sprang hinunter in den Garten. Nichts rührte sich. Er ging um das Haus herum. Im Licht des aufgehenden Mondes und der entfernten Straßenlaternen konnte er den Garten näher betrachten. Er wirkte gepflegt. Jemand musste den Garten für Hofrat Münster betreuen. Die große Wiese hinter dem Haus war zur Hälfte gemäht worden. Der Rasenmäher stand dort, wo mit dem Mähen aufgehört worden war. Alle Kellerfenster und auch die Fenster des 1. Stockes waren vergittert. Er fand keine Möglichkeit in das Haus einzudringen. So kehrte er zu seinem Auto zurück und beschloss am nächsten Tag ausfindig zu machen, wer den Garten pflegte.

Ein stürmischer Südostwind linderte die Hitze, während Geigensauer am nächsten Vormittag die Himmelstraße hinaufging. Noch bevor er das Haus von Hofrat Münster erreichte hatte, hörte er das Brummen eines Rasenmähers. Vor dem Eingang angekommen blickte er durch den Spalt zwischen Tor und Mauerpfeiler und konnte immer wieder einen älteren Mann mit einem Rasenmäher durch sein eingeschränktes Blickfeld fahren sehen. Geigensauer rief, aber der alte Mann hörte ihn nicht. Ungeduldig ging Geigensauer vor dem Grundstück auf und ab und wartete darauf, dass der Motorenlärm verstummte. Eine ältere Frau, in jeder Hand eine Stofftasche tragend, kam die Himmelstraße bergauf. Einmal blieb sie stehen, um kurz zu rasten. Geigensauer war ziemlich überrascht, als sie vor dem Haus von Hofrat Münster stehen blieb und das Gartentor aufsperrte. Er eilte zu ihr.

„Verzeihen Sie, dürfte ich Sie etwas über dieses Haus fragen?"

Sie ließ das aufgesperrte Tor angelehnt stehen, stellte ihre beiden Taschen ab und blickte Geigensauer misstrauisch an.

„Warum?"

Geigensauer zückte seinen Studentenausweis.

„Ich muss im Rahmen meines Studiums eine Seminararbeit über die soziale Struktur der Bewohner der Himmelstraße erstellen. Jetzt würde ich gerne etwas über Hofrat Münster wissen. Aber er ist ja nie zu Hause."

Leicht verärgert zog sie einen Mundwinkel verächtlich nach unten.

„Wie lange wird das dauern?"

„Eine Viertelstunde."

„Kommen Sie herein!"

Geigensauer wollte ihr eine Tasche abnehmen, aber sie sagte forsch: „Das kann ich noch selber." Sie drängte ihn zur Seite und schritt, beide Taschen tragend, durch das Gartentor. Geigensauer folgte ihr. Zielstrebig ging die alte Frau auf das Haus zu. Als der alte Mann die Frau erblickte, stellte er den Rasenmäher ab. Geigensauer befürchtete, die Frau würde einfach im Haus verschwinden, aber ein paar Schritte vor dem Eingang zeigte sie auf

Geigensauer und sagte: „Der junge Mann kommt von der Uni und will über Hofrat Münster Informationen sammeln."

Ohne eine Antwort des Mannes abzuwarten, ging sie ins Haus. Der Alte wischte sich den Schweiß mit der Hand aus dem Gesicht und kam auf Geigensauer zu.

„Nabratil", stellte er sich vor, „was wollen Sie denn wissen?"

„Wer ist Hofrat Münster, welcher Arbeit geht er nach? Wo hat er gearbeitet? Wie lange wohnt er schon hier?"

Herr Nabratil musterte Geigensauer von oben bis unten.

„Die anderen Leute, die hier wohnen, haben Sie schon befragt?"

„Fast alle", log Geigensauer, „aber Hofrat Münster ist ja nie zu Hause."

„Setzen wir uns dort drüben hin", schlug Herr Nabratil vor und deutete auf eine schattige Bank. Ein Fenster des Hauses wurde geöffnet.

„Hermine, hast du das Bier mit?", brüllte Herr Nabratil.

„Beim Eingang in der Tasche", kam es kurz angebunden zurück.

„Wollen Sie auch eines?", fragte er Geigensauer.

„Nein, danke!"

Geigensauer setzte sich und Herr Nabratil holte sich sein Bier. Er trank die halbe Flasche in einem Zug aus.

„Schon die Eltern von Hofrat Münster haben hier gewohnt", begann Herr Nabratil stolz. „Hofrat Münster war das einzige Kind. Er hat sehr gut gelernt, Jus studiert und dann Jahrzehnte im Bundeskanzleramt gearbeitet. Sein ganzes Leben lang hat er hier gewohnt. Seit dreißig Jahren pflege ich seinen Garten und meine Frau sein Haus."

„Aber jetzt wohnt er nicht mehr hier", warf Geigensauer ein.

„Nein, seit er in Pension gegangen ist, macht er ausgedehnte Reisen durch den pannonischen Raum. Er fuhr nach Kroatien, Ungarn, Rumänien und Slowenien. Die Kultur des pannonischen Raumes und seine Sprachen waren neben der Arbeit als Beamter immer schon seine Leidenschaft gewesen. Oft war er wochenlang fort. Aber er konnte sich auf uns verlassen."

„Sehr interessant“, bemerkte Geigensauer, um auch etwas zu sagen, „in welches Land ist er jetzt verreist?“

„Er hat sich im Südburgenland niedergelassen, in Güttenbach, einem kleinen, kroatischen Ort in der Nähe von Güssing.“

„Warum?“

„Dort ist das ‚Pannonische Institut‘ zu Hause. Im Archiv des Institutes findet er die Unterlagen, die er für seine Arbeit benötigt.“

„Wie oft kommt er noch nach Wien?“

„Alle zwei, drei Monate einmal. Ich habe ihn jetzt schon lange nicht mehr gesehen.“

Frau Nabratil kam aus dem Haus heraus und leerte einen Eimer Schmutzwasser in die Wiese.

„Zwei Jahre haben wir ihn nicht mehr gesehen“, mischte sie sich ins Gespräch ein. „Seit zwei Jahren speist er uns nur mit Geld und Briefen ab. Ich finde es unerhört, dass er sich um sein Elternhaus nicht mehr kümmert. Sicherlich steckt eine Frau dahinter.“

„Bestimmt nicht. Hofrat Münster und eine Frau?“, Herr Nabratil lachte.

„Davon verstehst du nichts“, setzte Frau Nabratil fort, „sicherlich hat er sie kennen gelernt, als er die drei Monate in Matvcky in der Slowakei war. Warum sollte Hofrat Münster in so einem kleinen slowakischen Dorf so lange bleiben? Nur eine Frau kann einen Mann so verändern.“

„Bitte, wenn du meinst!“, Herr Nabratil trank sein Bier aus.

„Ich kenne ihn besser als du. Er traut sich nicht, mir mit dieser Frau vor die Augen zu treten. Wenn sie ihn stehengelassen hat, wird er wiederkommen.“

Frau Nabratil ging ins Haus zurück.

„Vielleicht hat er sich tatsächlich in Matvcky eine Slowakin angelacht. Würde ihm auch nicht schaden, eine Frau zu haben. Als alter Junggeselle zu sterben, ist doch nicht erstrebenswert“, lachte Herr Nabratil, „auch ein Hofrat ist ein Mensch. Alles klar, oder noch Fragen?“

Herr Nabratil erhob sich von der Bank.

„Danke. Herzlichen Dank. Jetzt kann ich meine Seminararbeit abschließen."

Auch Geigensauer erhob sich. Frau Nabratil kam wieder aus dem Haus. In der rechten Hand trug sie ein gerahmtes Foto in Postergröße. Sie trat zu Geigensauer und zeigte ihm das Bild. Geigensauer erkannte auf dem Foto den Bundespräsidenten und jenen Mann, der auf dem Foto in der Zeitung abgebildet war, die ihm Julia gegeben hatte.

„Wenn ich mir vorstelle", sagte Frau Nabratil erregt, „dass jemand, der das Silberne Ehrenzeichen für Verdienste um die Republik Österreich vom Bundespräsidenten erhalten hat, von irgendeiner Ausländerin eingefangen wird, muss ich mich beherrschen."

Geigensauer war froh, dass Frau Nabratil dies gelang.

„Das ist Hofrat Münster?", Geigensauer deutete auf das Foto.

„Wer sonst?", erwiderte Frau Nabratil kurz.

Der Mann auf dem Foto war klein und dick. Er trug kurzes Haar und eine Brille. Was Geigensauer in Güttenbach schon vermutet hatte, war nun zur Sicherheit geworden.

„Nochmals danke für die Informationen."

Er schickte sich an zu gehen und Frau Nabratil rief ihm nach: „Das von der slowakischen Freundin dürfen Sie nicht erwähnen. In dieser Straße wohnen nur anständige Leute."

„Reiche Leute" ,verbesserte Geigensauer. Er hob die Hand zum Gruß. Während er zu seinem Auto zurückging, dachte er darüber nach, wo der wirkliche Hofrat Münster nun lebte. Auf seiner Straßenkarte der Slowakei fand er den Ort Matvcky, nur wenige Kilometer von der Heimat Betka Hanuliankovas und des Leiters der Volksmusikgruppe entfernt. Geigensauer beschloss nach Matvcky zu fahren. Was hatte Hofrat Münster dort drei Monate festgehalten?

Gegen Abend erreichte Geigensauer Matvcky in der Slowakei. Es war ein kleiner Ort mit ärmlichen, aber gepflegten Häusern. Links und rechts der Straße, die den Ort durchzog, lief jeweils ein breiter Straßengraben, der durch kleine Brücken überspannt wurde, um die Häuser erreichen zu können. Ein Wirrwarr von Strom- und Telefonleitungen führte von Hausdach zu Hausdach. Am Hauptplatz bei der Kirche parkte Geigensauer. Alle Menschen in der Nähe schienen ihn zu beobachten, die Kinder, die auf einer Wiese Fußball spielten, die Männer, die im Vorgarten des Gasthauses saßen, die Frau, die ihre Wäsche im Garten abnahm und der alte Mann, der gerade den Einkaufsladen verließ.

Geigensauer tat, als ob er sie nicht wahrnehmen würde. Er ging in das Gasthaus, bestellte und war sehr erfreut, dass der Wirt gut Deutsch konnte. Geigensauer beschloss hier zu übernachten.

Bald verabschiedeten sich die letzten Gäste und Geigensauer und der Wirt waren alleine in der Gaststube. Der Wirt schenkte sich auch ein Glas Wein ein, setzte sich zu Geigensauer und zündete sich eine Zigarette an. Dann erzählte er vom Kommunismus und der Wende.

Als er schließlich verstummte und zur Uhr über der Theke blickte, fragte Geigensauer: „Ich komme von Hofrat Münster. Erinnern Sie sich noch an ihn?“

„Natürlich, Hofrat Münster. Er war vor zwei Jahren einen ganzen Sommer lang hier. Jeder hier kennt ihn. Er ist aus Wien. Ein netter Mann. Er brachte einen Hauch Monarchie zu uns. Er wollte unseren Dialekt erforschen. Wie geht es ihm?“

„Danke, gut. Er lebt jetzt in einem kleinen kroatischen Dorf in Österreich und betreibt noch immer Forschungen über den pannonischen Raum. Er braucht noch dringend ein typisches Gedicht, wie es manchmal anlässlich von runden Geburtstagen vorgetragen wird. Können Sie mir so ein Gedicht beschaffen?“

„Leicht. Erst vor zwei Wochen wurde hier ein achtzigster Geburtstag gefeiert. Ein Gedicht für den Jubilar wurde vorgetragen. Das kann ich Ihnen leicht besorgen.“

„Und ein altes Gebetsbuch hätte der Hofrat auch gerne.“

„Ich werde meine Mutter fragen.“

„Hat Hofrat Münster hier bei Ihnen gewohnt?“

„Nein, er hat im Gasthaus Hranciar draußen bei der Mühle genächtigt. Hier im Zentrum war es ihm zu laut."

„Dann werde ich morgen kurz beim Gasthaus Hranciar vorbeischauen. Hofrat Münster wollte unbedingt, dass ich seinen Wirt persönlich von ihm grüßen lasse."

„Den Weg können Sie sich sparen. Das Wirtshaus ist seit fast zwei Jahren geschlossen und der Wirt, Jan Hranciar, hat den Ort verlassen und ist nicht mehr zurückgekehrt."

„Schade, ich denke, Hofrat Münster und Jan Hranciar standen einander sehr nahe."

„Zuerst waren sie Gast und Wirt, aber bald waren sie Freunde. Hofrat Münster blieb fast drei Monate bei uns, dann ist er aber überraschend schnell abgereist. Ein Cousin von ihm war gestorben und er fuhr zum Begräbnis nach Wien. Wenige Tage später schloss Jan Hranciar sein Wirtshaus und verließ den Ort. Wir haben nichts mehr von ihm gehört."

Wieder blickte der Wirt auf die Uhr über der Theke. Geigensauer streckte sich, stand auf und begab sich auf sein Zimmer. Aus seinem Fenster blickte er in einen weitläufigen Obstgarten. Er hörte die Grillen zirpen, weit entfernt bellte ein Hund, und der Duft von Lindenblüten erfüllte den Raum. Geigensauer entschied, dem geschlossenen Gasthaus von Jan Hranciar einen Besuch abzustatten.

Der Wirt hatte sein Versprechen gehalten und gab Geigensauer zum Abschied sowohl das Gedicht als auch ein altes Gebetsbuch mit. Geigensauer brach bald auf und fuhr zur Mühle. Sie lag rund zwei Kilometer vom Ort entfernt an einem Bach, der durch eine Wehr aufgestaut wurde. Daneben, hinter vier gewaltigen Kastanienbäumen, stand das ehemalige Gasthaus.

Er parkte sein Auto im Schatten der Kastanien. Die hölzernen Läden der Fenster waren geschlossen, und die Schrift über der Türe war von der Sonne gebleicht. An einem Eck fehlten dem Dach einige Ziegel. Geigensauer rüttelte an der Klinke, aber die Tür war verschlossen. Eine abgemagerte junge Katze rieb ihren Rücken an seinen Beinen und miaute kläglich.

Geigensauer ging um das Gebäude herum. An der Rückseite stapelten sich noch Getränkekisten aus längst vergangenen Zeiten. Ein paar alte Sessel standen in der hohen ungemähten Wiese, die sich hinter dem Gasthaus erstreckte. Hier waren die Läden nicht geschlossen und die Scheibe eines Fensters war zerbrochen. Dieses Fenster war nur angelehnt. Er öffnete es und stieg ein.

Das Zimmer war vollkommen leer geräumt. Durch die einzige Türe des Raumes betrat er den Gang des Hauses. Auch zwei weitere Zimmer waren leer und feucht. Dann erreichte er das Gastzimmer. Auch hier fehlten bis auf die hölzerne Theke sämtliche Möbel. Die Sommersonne fiel durch die Spalten der Läden und erzeugte auf dem Fußboden ein Muster aus dunklen und lichten Streifen. Geigensauer wusste nicht genau, was er hier eigentlich suchte. Er setzte sich auf die Theke und ging noch einmal alle Fakten der Ermittlungen durch.

Die Katze war ihm gefolgt und hatte sich auf einen sonnigen Streifen des Fußbodens zur Ruhe gelegt. An der Wand neben den Garderobehaken hingen Plakate mit Ankündigungen längst vergangener Feste und Poster des Fußballvereins von Matvcky. Geigensauer trat näher an die Plakate heran. Nicht nur die Aktiven, sondern auch die Trainer und Funktionäre waren abgebildet. Mitten unter den Funktionären stand er, noch etwas jünger, schlank und groß, mit kurzen weißen Haaren. Nur die Hakennase passte nicht zu den großen, runden schwarzen Augen, die matt wie ein Ofenrohr auf Geigensauer blickten. Er nahm das Poster von der Wand, rollte es ein und ein triumphales Gefühl erfüllte ihn.

Er verließ das Haus und ging zu seinem Auto. Als er die vier gewaltigen Kastanienbäume erreicht hatte, versuchte er sich vorzustellen, wie hier Hofrat Münster und Jan Hranciar so manche Stunde zusammen gesessen waren. Aber dann nach drei Monaten? Vieles konnte geschehen sein. Er wollte seine Zeit nicht mit Spekulationen vergeuden. Dem Morden musste Einhalt geboten werden. Er brach sofort nach Wien auf, um seinen Erfolg persönlich Jörg Drubovic zu melden.

Kurz nach Mittag erreichte er die Stadt an der Donau. Drückende Hitze lag über den Straßen und Plätzen. Unangemeldet betrat Geigensauer das Büro von Drubovic im Innenministerium.

„Das ist eine Überraschung", empfing ihn Drubovic, offensichtlich erfreut, ihn wiederzusehen. Er trug sein Hemd vollständig aufgeknöpft und ließ seinen nackten Bauch durch einen großen Ventilator kühlen.

„Bist du wegen deiner Rigorosen in Wien?"

„Nein, die habe ich erst in vierzehn Tagen. Unsere Morde führen mich zu dir."

Geigensauer legte das Poster des Fußballvereins von Matvcky und den Zeitungsausschnitt von Julia, wo Hugo Lastenecker Hofrat Münster für den Opernball frisierte, vor Drubovic auf den Tisch. Dieser betrachtete beides mehrere Minuten lang schweigend. Dann pfiff er leise durch die Zähne.

„Hofrat Münster ist also nicht Hofrat Münster!"

„So ist es. Unser Hofrat Münster aus Güttenbach ist Jan Hranciar, ein ehemaliger Wirt aus Matvcky in der Slowakei. Der kleine, dicke Mann ist Hofrat Münster."

„Kaum zu glauben."

Drubovic schüttelte seinen Kopf und fragte:

„Wo ist der echte Hofrat Münster jetzt?"

„Keine Ahnung. Ich nehme an, das weiß nur Jan Hranciar."

„Du glaubst also, dass Hofrat Münster nicht mehr lebt."

„Es sieht nicht gut aus für ihn."

„Woher hast du diese Zeitung?"

„Von Julia, dem kleinen Mädchen aus der Nachbarschaft. Sie hat einen ganzen Stoß Illustrierter im Herbst von Hugo Lastenecker bekommen. Ich habe sie damals schon einmal in den Zeitungen lesen gesehen."

„Also hat Hugo Lastenecker gewusst, dass Hofrat Münster nicht Hofrat Münster war."

„Bestimmt."

„Warum sagte er das nicht der Polizei?"

„Ich vermute, er hat Jan Hranciar mit dem Foto aus der Zeitung erpresst. Vielleicht um seine kleine Pension aufzubessern. Ich kann mich daran erinnern, wie Lastenecker Jan Hranciar am Pfarrfest zum ersten Mal getroffen hat. Sie haben ziemlich heftig miteinander diskutiert. Jan Hranciar ließ sogar sein Essen stehen und ging plötzlich weg. "

Drubovic trank einen großen Schluck aus einer Mineralwasserflasche, die unter seinem Schreibtisch stand.

„Das war also das Geschäft, von dem Lastenecker zu Guido Enzing sprach", fuhr er fort.

„Vermutlich. Aber Jan Hranciar ließ sich nicht erpressen. Bei erster Gelegenheit ermordete er Lastenecker."

„Das Fest und der Scherz der Jugendlichen waren für ihn der geeignete Augenblick." Drubovic zündete sich eine Zigarette an.

„Er ersticht Lastenecker mit dem Hering, setzt ihn statt der Strohpuppe vor das Haus, zerstreut das Stroh und versteckt das Gewand im Wald."

„So müsste es gewesen sein."

Drubovic machte einen langen Zug aus seiner Zigarette und überlegte angestrengt weiter.

„Was hat Jan Hranciar bei seinen beiden späteren Einbrüchen im Haus von Lastenecker gesucht?"

„Diese Zeitung", antwortete Geigensauer und deutete auf das vor Drubovic liegende Blatt. „Aber Jan Hranciar konnte sie nicht finden, weil sie Lastenecker Julia gegeben hatte."

Wieder trank Drubovic.

„Was war mit Guido Enzing?", fragte er den letzten Schluck noch im Mund.

„Irgendwie bekommt Enzing heraus, dass Hofrat Münster eine Kundschaft von Lastenecker war. Er schickt daher auch an Hofrat Münster den gleichen Brief, den er an Tarbentic geschickt hat. Jan Hranciar fühlte sich massiv bedroht. Als er am Tag des großen Schneefalles von Wien heimfährt, ruft er vom Meierhof aus Enzing an, lockt ihn zur Kapelle und erschießt ihn dort."

„Dann seid ihr bei der Fahrt zum Meierhof tatsächlich dem Mörder begegnet."
„So ist es."
„Und was ist mit Betka Hanuliankova und dem Leiter der Musikgruppe?"
„Die hat er auch ermordet. Er tötet jeden, der seine falsche Identität erkennt. Die beiden stammen aus Ortschaften, die in der Nähe von Matvcky liegen. Sie kannten sicherlich den Wirt vom Gashaut zur Mühle bei Matvcky."
„Wie bist du nach Matvcky gekommen?"
„Sobald ich wusste, dass Hofrat Münster nicht Hofrat Münster war, bin ich sofort nach Wien gefahren und wollte mir sein Haus ansehen. Aber es war schon Nacht und ich konnte natürlich nicht hinein."
„Du wolltest doch nicht einbrechen", fuhr Drubovic dazwischen.
„Nein, natürlich nicht", verschwieg Geigensauer sein nächtliches Abenteuer.
„Am nächsten Tag kam ich wieder und hatte großes Glück. Das Ehepaar Nabratil, das seit Jahrzehnten Haus und Garten von Hofrat Münster betreut, war anwesend. Sie erzählten mir, dass sie Hofrat Münster seit zwei Jahren nicht mehr gesehen hätten. Frau Nabratil vermutete, dass Hofrat Münster bei seinem dreimonatigen Aufenthalt in Matvcky eine Frau kennen gelernt hätte, mit der er jetzt in Güttenbach lebt. Sie zeigte mir ein Bild von Hofrat Münster. Es stimmte genau mit dem Bild aus der Zeitung von Julia überein."
„Wer hat die Nabratils für ihre Arbeit bezahlt?"
„Vielleicht gab es einen Dauerauftrag auf das Konto der Nabratils, schließlich war Hofrat Münster viel und lange im Ausland unterwegs."
„Warum hast du mir das alles nicht berichtet?", fragte Drubovic.
„Ich wollte den Fall alleine lösen."
Drubovic verdrehte die Augen, wie der Vater eines Kindes, das in sein Gulasch Schokolade einbröckeln möchte.

„Erzähl weiter, bevor ich mich vergesse."

Drubovic zündete sich die nächste Zigarette an.

„Ich fuhr nach Matvcky und habe dort übernachtet. Dort erfuhr ich, dass Hofrat Münster im Gasthaus zur Mühle gewohnt hat, dessen Wirt Jan Hranciar hieß. Nachdem Hofrat Münster Matvcky überstürzt verlassen hatte, verschwand auch Jan Hranciar aus Matvcky Im verlassenen Gasthaus zur Mühle fand ich dann dieses Poster. Damit war alles klar."

Drubovic stand auf.

„Ich denke, ich muss die Kollegen in der Slowakei um ein paar Untersuchungen rund um das Gasthaus zur Mühle bitten. Ich komme gleich wieder."

Drubovic knöpfte sein Hemd zu und verließ das Büro. Geigensauer ging zur Wasserleitung, trank und wusch sich Hände und Gesicht mit kaltem Wasser. Drubovic kehrte bald zurück.

„Die Kollegen in der Slowakei werden verständigt, und wir haben einen Hausdurchsuchungsbefehl für die Himmelstraße."

Kaum hatten sie das Büro verlassen, läutete das Handy von Drubovic.

„Drubovic…Ach, Inspektor Timischl…Sehen Sie, man muss nur Geduld haben…Hat er gestanden?…ein Alibi…Dann wünsche ich Ihnen viel Glück. Auf jeden Fall danke ich für die Information."

„Sie haben gestern Vladimir Kustic verhaftet. Er wollte mit dem Fahrrad bei Eberau über die Grenze nach Ungarn. Er hatte sich die ganze Zeit in den Wäldern versteckt gehalten. Er bestreitet, irgendetwas mit den Morden zu tun zu haben. Für den Tag, an dem Lastenecker ermordet wurde, hat er ein stichfestes Alibi. Aber Timischl ist schon wieder hinter einer anderen Spur her. Er gibt nicht auf."

„Warum hast du Inspektor Timischl nichts von unseren Erkenntnissen mitgeteilt?"

„Ich möchte selber anwesend sein, wenn dieser Hofrat Münster verhaftet wird."

Die Hitze im Freien war um nichts geringer als im Büro. In zwanzig Minuten hatten sie die Himmelstraße erreicht. Ein Wagen von der Kripo stand schon vor dem Haus von Hofrat Münster und die Beamten warteten auf sie. Die Gartentüre öffnete sich und eine erstaunt blickende Frau Nabratil trat ihnen entgegen.

„Was ist denn los? Was wollen Sie hier?", fragte sie in ihrem hantigen Ton.

„Wir wollen zu Hofrat Münster", sagte Drubovic freundlich.

„Der ist nicht zu Hause", erwiderte sie. Sogleich drehte sie sich um und sperrte die Türe zu.

„Wir sind von der Polizei", erläuterte Drubovic.

„Das sehe ich selbst."

„Wir haben einen Hausdurchsuchungsbefehl. Also sperren Sie uns bitte auf, dann brauchen wir nicht aufzubrechen", versuchte es Drubovic noch einmal ganz ruhig.

„Bitte, wir haben nichts zu verbergen."

Frau Nabratil öffnete die Gartentüre wieder und ging den Männern voraus zum Haus. Dort blieb sie stehen und sagte zu Geigensauer: „Das verdanken wir wohl nur Ihrem Besuch."

Geigensauer nickte. Frau Nabratil sperrte auf.

„Sie werden sehen, es ist alles in bester Ordnung. Auch wenn Hofrat Münster kaum mehr hier wohnt, halten wir alles peinlich sauber. Wir Nabratils lassen uns nichts nachsagen."

Tatsächlich war das Haus in bestem Zustand. Geigensauer führte Drubovic zu dem Bild, welches Hofrat Münster beim Bundespräsidenten zeigte.

„Was suchen Sie denn hier?", fragte Frau Nabratil, „wir haben keine Leichen im Keller."

„Wir suchen Hofrat Münster", sagte Drubovic.

„Aber doch nicht hier im Keller."

Frau Nabratil lachte verächtlich.

„Er lebt jetzt in Güttenbach. Irgendeine Slowakin hat ihm den Kopf verdreht. Seitdem kommt er nicht mehr nach Wien."

„Wir glauben eher, dass Hofrat Münster von einem ganz bestimmten Slowaken der Kopf tatsächlich verdreht wurde. Er könnte also durchaus hier im Keller liegen."

„Sie glauben, Hofrat Münster ist tot?"

„Ja, leider."

„Seit wann denn?", fragte Frau Nabratil spöttisch.

„Vermutlich seit zwei Jahren."

„Unsinn, ich habe heute wieder einen Brief von ihm erhalten."

Frau Nabratil lächelte ungläubig.

„Könnte ich den Brief einmal sehen?"

„Gerne."

Sie griff in die Tasche ihrer Schürze und zog einen Brief hervor. Drubovic las ihn und reichte ihn Geigensauer.

Liebe Frau Nabratil, lieber Herr Nabratil!

Ich war vor zwei Wochen wieder einmal überraschend einen Sprung ihn Wien. Ich hatte keine Zeit, Sie aufzusuchen. Ich fand Haus und Garten in tadellosem Zustand vor. Ich danke Ihnen ganz herzlich für Ihre gewissenhafte Arbeit. So kann ich weiterhin beruhigt meinen pannonischen Leidenschaften nachgehen.

Herzliche Grüße

Ihr Hofrat Münster

„Wann haben Sie Hofrat Münster das letzte Mal gesehen? Denken Sie einmal ruhig nach!", fuhr Drubovic gelassen fort.

„Gesehen habe ich ihn das letzte Mal, als er nach Matvcky abreiste. Danach haben wir nur noch Briefe von ihm erhalten."

„Keine Telefonate?"

„Nein, er rief nicht an, und von uns wollte er auf keinen Fall gestört werden. Daran haben wir uns immer gehalten."

„Wer hat Sie bezahlt?"

„Das läuft schon lange über einen Dauerauftrag."

„Der Brief, den Sie heute erhalten haben, stammt von einem Betrüger, der sich schon seit zwei Jahren in Güttenbach als Hofrat Münster ausgibt."

Drubovic entfaltete das Poster des Fußballvereins von Matvcky und zeigte auf Jan Hranciar.

„Dieser Mann hat die Identität von Hofrat Münster angenommen. Das ist der Grund, warum er sich hier nie sehen ließ."

Frau Nabratils Gesicht hatte seine Farbe verloren, mit dem Poster in der Hand setzte sie sich auf den nächsten Stuhl nieder.

„Wo ist Hofrat Münster?", fragte sie und gab sich sogleich selbst die Antwort, „Sie meinen, dass er tot ist?"

„Leider. Vermutlich wurde er noch in Matvcky getötet."

„Warum hat sich dieser Mann als Hofrat Münster ausgegeben?", fragte Frau Nabratil noch ganz verstört.

„Weil er die hohe Pension von Hofrat Münster beziehen wollte. Solange Hofrat Münster nicht stirbt, wird seine Pension auf sein Konto überwiesen. Der Besitzer von Bankomatkarte und Code kann jederzeit von diesem Konto abheben."

„Seit zwei Jahren tot", sagte Frau Nabratil gedankenverloren vor sich hin. Drubovic wartete einen Augenblick, ob Frau Nabratil noch etwas sagen wollte. Aber sie blieb stumm.

„Frau Nabratil, wir müssen wieder gehen. Sagen Sie bitte niemanden etwas von dem, was Sie von uns erfahren haben, und sperren Sie das Haus wieder gut ab", bat Drubovic.

Frau Nabratil saß noch immer auf dem Sessel, das Poster in der Hand. Geigensauer nahm es ihr wieder ab. Sie ließ die Hände in ihren Schoß fallen und sagte nur dreimal hintereinander leise: „Ja."

Sie verließen das Haus, und als sie beinahe schon das Gartentor erreicht hatten, hörten sie Frau Nabratil rufen: „Halt, halt, ich muss Ihnen etwas Wichtiges sagen." Sie drehten sich um und Frau Nabratil kam ihnen atemlos nachgelaufen.

„In der ganzen Aufregung habe ich völlig darauf vergessen. Heute am Vormittag war eine junge Dame hier, eine entfernte Verwandte von Hofrat Münster aus Amerika."

„Wie hieß sie?“, wollte Geigensauer wissen.

„Jane… den Familiennamen habe ich vergessen. Sie wollte unbedingt das Haus von Hofrat Münster sehen. Er hat uns zwar verboten, fremde Menschen in sein Haus zu lassen, aber die junge Dame war so nett und außerdem verwandt mit Hofrat Münster…“

„Wissen Sie, wo sie jetzt ist?“

„Ich kann nicht gut Englisch. Wenn ich sie richtig verstanden habe, wollte sie nach Güttenbach fahren. Sie hatte sich am Flughafen einen Leihwagen genommen. Ich habe ihr das Foto gezeigt, auf dem Hofrat Münster vom Bundespräsidenten geehrt wird. Sie war sehr erstaunt darüber, dass Hofrat Münster ein so bedeutender Mann ist. Sie wollte unbedingt ein Foto von ihm. Ich habe ihr aus einem Album eines herausgenommen. Sie meinte noch, das wird eine Überraschung werden, wenn sie nach Güttenbach kommt. Aber sie wird vergebens nach Hofrat Münster suchen. Den anderen Mann wird sie ja nicht erkennen.“

„Danke, Frau Nabratil, wir haben es eilig.“

Sie verließen das Grundstück. Kaum waren sie im Auto, sagte Geigensauer: „Jane ist in höchster Gefahr. Ich kenne sie. Sie war schon im April in Wien und hat Hofrat Münster in Güttenbach besucht. Sie weiß nun, dass er ein Betrüger ist. Sie hat das Foto mitgenommen und will den Betrug aufdecken. Jan Hranciar hat noch jeden umgebracht, der seine Identität aufdecken wollte.“

„Hast du ihre Handynummer?“, fragte Drubovic.

Geigensauer versuchte Jane anzurufen.

„Es ist keine Verbindung mit ihr möglich“, sagte er verzweifelt.

„Ich werde Timischl verständigen.“

Drubovic rief bei der Polizeidienststelle in Oberwart an:

„Innenministerium, Abteilungsleiter für innere Sicherheit, Drubovic,… Inspektor Timischl, bitte… Was, wieso… Na, gut. Dann müssen Sie das eben übernehmen. In Güttenbach wohnt ein Mann namens Hofrat Münster, er ist ein gesuchter Mörder. Sie müssen ihn unbedingt finden. Eine junge Frau will sich mit ihm treffen. Sie befindet sich in höchster Gefahr. Lösen Sie eine Alarmfahndung aus! Rufen Sie mich zurück, sobald Sie wissen, wo sich Hofrat Münster befindet."

„Was ist mit Timischl los?", fragte Geigensauer beunruhigt.

„Er hat sich für heute Nachmittag frei genommen und ist nicht erreichbar."

„Vielleicht können wir wenigstens feststellen, mit welchem Auto Jane unterwegs ist?"

Drubovic veranlasste die entsprechenden Nachforschungen.

„Fahren wir los! Je schneller wir in Güttenbach sind, umso besser."

Geigensauer wollte keine Minute mehr vergeuden. Bei Vösendorf kam der erste Rückruf: „Hofrat Münster ist nicht zu Hause. Nur sein Auto parkt neben seinem Haus."

Bis Baden hatte Geigensauer bereits mehrmals erfolglos probiert Jane zu erreichen. Als sie ins Wiener Neustädter Becken hinunterfuhren, zeigte das Außenthermometer 34 Grad. Über Rax, Schneeberg und Wechsel türmten sich bedrohlich schwarze Wolkenberge. Bei Grimmenstein ereilte sie die Meldung, dass Jane mit einem blauen VW-Golf mit dem Logo der Leihwagenfirma auf der Kühlerhaube unterwegs sei. Am Wechsel durchfuhren sie ein heftiges Gewitter. Erst nach Pinggau hörte der Regen auf und die Sonne kam wieder zum Vorschein.

Kurz vor Oberwart kam dann der nächste Anruf: „Der Wagen von Jane ist gefunden worden. Er steht beim Flughafen in Punitz. Jane und Hofrat Münster sind mit einem Kleinflugzeug unterwegs. Alle Flughäfen Österreichs werden benachrichtigt und polizeilich überwacht."

Gegen fünf Uhr erreichten Geigensauer und Drubovic den Flughafen in Punitz. Dort erfuhren sie, dass Hofrat Münster und Jane vor einer Viertelstunde vom Flughafen Zeltweg gestartet waren. Es herrschte reger Flugbetrieb, eben landete eine Maschine.

Sie setzten sich in den Garten des Gasthauses zum Flugplatz. Der Windsack beim Tower hing schlapp nach unten. Die Abendsonne verschwand bald hinter einer dunklen Wolkenwand im Westen.

Geigensauer konnte vor Unruhe nicht mehr sitzen. Er stand auf und ging zur Start- und Landebahn. Er blickte Richtung Güttenbach. Gleich neben dem Flughafen lief die Bundesstraße vorbei, und nicht weit dahinter war Betka Hanuliankova im Maisfeld gefunden worden. Die landenden Flugzeuge flogen in relativ geringer Höhe über die nahen Felder und die Bundesstraße, bevor sie auf der Piste aufsetzten. Gleichzeitig mit einem fernen Donnergrollen ahnte Geigensauer, wie Betka Hanuliankova in das Maisfeld gelangt war. Er ging wieder zu Drubovic zurück.

„Setz dich wieder! Sie werden bald kommen. Du machst mich nervös", sagte Drubovic und zündete sich eine Zigarette an.

„Hoffentlich wirft Jan Hranciar nicht auch Jane aus dem Flugzeug."

„Wie meinst du das?", fragte Drubovic überrascht.

„Rund um die Stelle im Maisfeld, wo Betka Hanuliankova gefunden wurde, gab es doch keine Spuren. Außerdem hatte sie mehrere Knochenbrüche. Ich habe eben gesehen, wie tief die Flugzeuge über diese Felder fliegen, bevor sie hier landen. Vielleicht hat er ihre Leiche einfach aus dem Flugzeug geworfen."

„Und das hat niemand gesehen?"

„Vermutlich war es bei Einbruch der Nacht."

Geigensauer stellte sich vor, wie Jan Hranciar Jane aus dem Flugzeug stoßen würde. Er konnte seine Unruhe kaum verbergen.

„Nur nicht die Nerven verlieren", meinte Drubovic, der Geigensauer genauer beobachtete. Ein roter Opel Astra parkte ein. Inspektor Timischl und sein Assistent Karner stiegen aus. Inspektor Timischl nahm einen schwer gefüllten Plastiksack aus dem Kofferraum. Als er Geigensauer und Drubovic sah, blieb er einen Augenblick lang stehen, so wie wenn er nicht wüsste, was er tun sollte. Aber dann trat er doch heran.

„Guten Abend. Alle hätte ich heute hier erwartet, nur Sie beide nicht."

Inspektor Timischl und Assistent Karner setzten sich zu Geigensauer und Drubovic.

„Haben Sie Hofrat Münster gesehen?“, fragte Inspektor Timischl.

„Nein“, antwortete Drubovic.

Inspektor Timischl lehnte sich zurück, lächelte unverbindlich und sagte: „Sie werden es nicht für möglich halten, aber ich habe unseren Fall gelöst. Ich glaube, ich habe den Mörder gefunden.“

Drubovic und Geigensauer sahen einander verdutzt an. Wusste Inspektor Timischl tatsächlich nichts von dem, was heute vorgefallen war?

„Der Mörder ist Hofrat Münster!“, triumphierte Timischl.

Drubovic und Geigensauer waren sprachlos. Inspektor Timischl öffnete seinen Plastiksack und brachte ein Paar Arbeitsschuhe und den Abdruck von der Fußspur des Mörders zum Vorschein.

„Passt wie angegossen.“

Er fügte Abdruck und Schuh zusammen.

„Als klar war, dass Vladimir Kustic nur ein Rechtsradikaler, aber nicht der Mörder ist, fiel mein Blick wieder auf Hofrat Münster. Schließlich war er in der Nähe gewesen, als Guido Enzing ermordet worden war. Als ich ihn besuchte, konnte ich nicht alle seine Schuhe untersuchen. Ich nahm mir heute Nachmittag frei und fuhr zu ihm. Er war nicht anwesend. Im Keller fand ich diese Schuhe und die Sorte Karton, aus denen die Plakate mit der Aufschrift ‚Ausländer raus‘ gemacht worden waren. Auch die Stifte, die verwendet wurden, lagen noch daneben.“

Inspektor Timischl holte ein Stück Karton und Plakatstifte aus dem Nylonsack.

„Was mir noch fehlt, ist das Motiv. Aber er wird schon zusammenbrechen, wenn ich ihn mit diesen Tatsachen konfrontiere.“

Das Handy von Drubovic läutete und er hob ab.

„Drubovic...Ja...Gut.“

Er wandte sich zu Geigensauer und sagte: „Sie haben Hofrat Münster gefunden, im Garten des Gasthauses zur Mühle bei Matvcky, einen Meter tief unter der Erde. Er ist schon zwei Jahre tot.“

Jetzt waren Inspektor Timischl und sein Assistent Karner verblüfft.

„Hofrat Münster ist tot?“, fragte Inspektor Timischl ungläubig.

„Seit zwei Jahren“, bestätigte Drubovic.

„Er ist aber der Mörder. Ich habe ihn doch vor ein paar Tagen noch gesehen“, beharrte Inspektor Timischl völlig verwirrt.

„Nein, Hofrat Münster ist unschuldig. Der Mörder ist der slowakische Wirt Jan Hranciar. Dieser hat auch Hofrat Münster ermordet“, fuhr Drubovic fort und nun war es an Geigensauer und Drubovic, über den Gesichtsausdruck von Timischl zu lächeln. Dann erklärte Drubovic die Sachlage ausführlich.

Das Donnergrollen war stärker geworden und man konnte bereits das Wetterleuchten wahrnehmen. Da kam die Meldung, dass Hofrat Münster in der nächsten Minute landen würde. Timischl und Karner zogen sich ins Gasthaus zurück.

Kurz darauf hörte man schon den Lärm des Motors und das Flugzeug landete. Nach drei weiteren Minuten hörte Geigensauer das Lachen von Jane. Schon bogen sie und Jan Hranciar um die Ecke.

Drubovic stand auf, die rechte Hand in seiner Hosentasche, und ging auf die beiden zu. Geigensauer folgte ihm.

„Hallo, Anton“, rief Jane überrascht. Sie lief auf Geigensauer zu und sie begrüßten einander. Hatte sie Jan Hranciar das Foto noch gar nicht gezeigt? Mit einem Mal löste sich die Spannung in Geigensauer.

„Jane wollte Sie in Güttenbach überraschen und war ganz enttäuscht, dass Sie nicht hier waren“, sagte Jan Hranciar. Nun stellte Geigensauer ganz eindeutig fest, dass Jan Hranciar nicht die geschraubte Sprache eines k. und k. Hofrates sprach, sondern damit seinen slowakischen Akzent zu verschleiern suchte.

„Hofrat Münster, Herr Drubovic, ein Freund von mir“, stellte Geigensauer die beiden einander vor.

„Ich denke, ich habe Sie schon einmal im Ort gesehen“, sagte Jan Hranciar.

„Ich stamme aus Güttenbach. Aber ich komme nur noch selten nach Hause."

„Ich habe Durst vom Fliegen. Trinken Sie mit mir noch ein Bier?", lud Jan Hranciar ein.

Man setzte sich und Jan Hranciar bestellte für alle eine Runde. Das Donnergrollen war wieder etwas schwächer geworden. Ein leichter Wind erhob sich, blies Staub und vertrocknete Blätter über die Erde und brachte eine leichte Abkühlung. Der Windsack blähte sich nach uneinheitlichen Richtungen auf. Geigensauer fragte sich, wie lange Drubovic noch zuwarten wollte. Jan Hranciar hob sein Glas: „Zum Wohl. Auf deine Gesundheit, Jane, und für Sie, Geigensauer, auf eine erfolgreiche Prüfung."

„Auch für Jan Hranciar alles Gute", sagte Drubovic völlig belanglos. Zunächst schien es so, als ob Jan Hranciar gar nicht bemerken würde, dass er mit seinem richtigen Namen angesprochen wurde.

„Alles Gute, Jan Hranciar", wiederholte Drubovic.

Mit einem Ruck stand dieser auf. Drubovic hatte seine Pistole gezogen und aus dem Gasthaus kamen Polizisten gelaufen und legten Jan Hranciar die Handschellen an. Er leistete keinen Widerstand.

Zu Jane sagte Jan Hranciar: „Tut mir Leid, aber ich bin nicht Hofrat Münster."

„Das weiß ich seit heute morgen."

Jane nahm ein Foto aus ihrer Handtasche und zeigte es ihm.

„Du warst also im Haus in Grinzing", stellte er fest, „hast du die Polizei verständigt?"

„Nein, ich wollte dir das Foto zeigen. Aber dann habe ich mich nicht getraut. Ich wäre jetzt zur Polizei gegangen."

„Und Sie sind auch von der Polizei?", wandte sich Jan Hranciar an Geigensauer. Dieser nickte und Jane sagte: „Also doch!"

„Warum haben Sie Hofrat Münster umgebracht?", wollte Drubovic wissen.

Jan Hranciar hob verwundert seinen Kopf.

„Ich habe ihn nicht umgebracht. Wir waren die besten Freunde. Ich war zunächst beim Militär als Flieger, dann arbeitete ich für den Staatssicherheitsdienst. Nach der Wende übernahm ich das Gasthaus. Aber die Leute wussten von meiner früheren Tätigkeit und kamen nicht zu mir. So musste ich von einer kleinen Pension und sehr wenigen Gästen leben. Hofrat Münster war mit seinen vierundsechzig Jahren schon schwer herzkrank. Er hatte bereits eine Herzoperation hinter sich und litt ständig unter Angina Pectoris Anfällen. Vor zwei Jahren, in den letzten Augusttagen, verschlimmerte sich sein Zustand sehr rasch, und wir beschlossen, dass ich ihn nach Wien bringen sollte. Im Ort verbreiteten wir, dass er zu einem Begräbnis müsste. In der Nacht hatte er einen weiteren schweren Anfall. Er gab mir alle seine Sparbücher, seine Bankomatkarte und die Schlüssel seines Hauses zur Verwahrung. Der nächste Anfall in der Früh war noch schwerer. Ich wollte die Rettung verständigen. Aber Hofrat Münster verstarb ganz plötzlich. Ich begrub ihn im Gastgarten, schloss mein Wirtshaus, reiste als Jan Hranciar in Österreich ein und kaufte mir um das Geld von den Sparbüchern ein Haus in Güttenbach. Ich suchte mir ein möglichst entlegenes Dorf aus. Die Pension von Hofrat Münster hob ich mit der Bankomatkarte ab. Ich bin schon alt. Ich dachte mir, ein paar Jahre angenehmes Leben wären nicht schlecht."

„Und Betka Hanuliankova ist auch an Herzversagen gestorben?", entfuhr es Inspektor Timischl.

„Nein, sie hat mein Leben verändert. Kaum hatte ich mich in Güttenbach gut eingelebt, traf ich sie. Ich war im Wald Richtung Mischendorf spazieren, als sie mir begegnete. Sie erkannte mich sofort als den Wirt zur Mühle bei Matvcky. Ich schilderte ihr meine Situation. Aber sie wollte mich unbedingt bei der Polizei anzeigen. Ich hatte vor vielen Jahren ihren Vater denunziert und das konnte sie nicht vergessen. Es half kein Bitten und auch kein Drohen. Da hob ich meine Pistole und schoss. Zunächst versteckte ich die Leiche im Wald. Aber dann überlegte ich mir, wie ich die Polizei am besten in die Irre leiten könnte. Ich packte die Leiche in eine

Tasche, in der sonst ein Viermannzelt aufbewahrt war, und brachte mit meinem Auto die Leiche zum Flugplatz nach Pinkafeld. Dann kehrte ich mit dem Bus nach Punitz zurück. Von dort flog ich nach Pinkafeld, lud die Zelttasche ein und kehrte zurück. Fast schon im Dunklen stieß ich beim Landeanflug die Leiche aus dem Flugzeug, sodass sie mitten in ein Maisfeld fiel. Das Plakat mit der Aufschrift „Ausländer raus" hatte ich ihr um den Hals gehängt."

„Und was war mit dem Leiter der Volksmusikgruppe?", fragte Inspektor Timischl weiter.

„Fast ein Jahr lebte ich in Ruhe und Wohlstand. Aber dann im Juni kam der Kirchtag. Auf den Ankündigungen war von einer ungarischen Volksmusikgruppe die Rede gewesen. Hätte ich gewusst, dass eine slowakische Gruppe kommt, wäre ich gar nicht auf den Kirchenplatz gegangen. Aber die ungarische Gruppe war verhindert gewesen und eine slowakische Gruppe war eingesprungen. Der Leiter der Gruppe erkannte mich sofort. Nach ihrem Auftritt der Gruppe setzte er sich kurz zu mir. Ich erzählte ihm, dass ich nach Österreich ausgewandert wäre. Ich hatte furchtbare Angst, dass er mit einem Güttenbacher über mich reden würde. Außerdem wollte ich auf keinen Fall, dass er in der Slowakei erzählen würde, dass ich nun in Österreich lebe. Als es finster wurde, holte ich mir von zu Hause meine Pistole und fertigte ein zweites Plakat mit der Aufschrift ‚Ausländer raus' an. Ich traf den Leiter der Musikgruppe wieder am Kirchenplatz bei der tanzenden Menge und gab vor, mit ihm plaudern zu wollen. Wegen des großen Lärmes der Musik schlug ich ihm vor, einen Sprung in die Sakristei zu gehen. Dort habe ich ihn dann erschossen."

Seine matten, schwarzen Augen blickten in die Ferne. Das Donnergrollen wurde wieder stärker.

„Und Lastenecker hat Sie erpresst?", fragte Drubovic.

„Ja. Er war der Friseur von Hofrat Münster. Schon bei unserer ersten Begegnung am Pfarrfest sagte er mir ins Gesicht, dass ich nicht Hofrat Münster sei. Für monatlich 1000 Euro wäre er bereit gewesen zu schweigen. Lastenecker fühlte sich sehr sicher. Er behauptete, er hätte ein Foto von Hofrat Münster in einer Zeitung in seinem Haus versteckt, und wenn ihm etwas passierte, würde man das Foto schon finden. Aber er hatte nicht damit gerechnet, dass ich es wagen würde, ihn in seinem Haus zu ermorden. Für den ersten Monat zahlte ich ihm 1000 Euro. Aber ich wartete nur auf den passenden Augenblick, ihn umbringen zu können. Das Fest der Jugendlichen war eine gute Gelegenheit. Ich hatte mich im Garten versteckt und wurde Zeuge des Streites, den er mit den Jugendlichen hatte. Beinahe hätte dieser Guido Enzing mir mit seinem Besuch alles verdorben. Aber dann zerstritt er sich mit Lastenecker und lief mitten in der Nacht über die Wiesen davon. Ich betrat das Haus von hinten. Lastenecker saß in seinem Sessel und nahm offensichtlich an, dass Guido Enzing wieder zurückgekehrt war. Er sagte, ohne sich umzudrehen, nur: ‚Ich habe gleich gewusst, dass du wieder kommst.' Ich habe ihm den Hering in den Rücken gestoßen. Er war auf der Stelle tot. Dann habe ich das Foto gesucht. Aber ich konnte es im Erdgeschoss nicht finden. Plötzlich entstand Lärm vor dem Haus. Die Jugendlichen brachten ihre Strohpuppe in den Garten. Ich musste mit der Suche aufhören und warten, bis sie abgezogen waren. Da kam mir die Idee, ihnen den Mord in die Schuhe zu schieben, und ich tauschte die Strohpuppe gegen Lastenecker aus. Stroh und Gewand versteckte ich im nahen Wald."

„Wie oft waren Sie bei Lastenecker das Foto suchen?", wollte Geigensauer wissen.

„Zweimal. Aber ich habe es nicht gefunden."

„Aber eine schöne Spur haben Sie uns hinterlassen", meinte Inspektor Timischl und zeigte den Fußabdruck her. Ein erster Blitz ging nur wenige Kilometer entfernt nieder und Sekunden später rollte das Donnergrollen über den Flughafen. Heftige Windstöße fuhren durch die nahe gelegenen Bäume.

„Warum musste Guido Enzing sterben?", fragte Drubovic.

„Er muss etwas von der Erpressung von Lastenecker gewusst oder geahnt haben. Ich wartete auf ihn beim Meierhof. Er kam und ich habe ihn einfach erschossen. Leider bin ich Inspektor Timischl auf der Fahrt nach Güttenbach begegnet. Das hat mich wohl sehr verdächtig gemacht."

Inspektor Timischl nickte und fragte: „Und die Strohpuppe mit dem Schild ‚Ausländer raus'?"

„Sie war auch von mir."

Ein Blitz schlug ganz in der Nähe ein und der Donner folgte sofort. Der Sturm brach los.

Jan Hranciar wurde abgeführt.

„Fährst du mit mir?", rief Drubovic gegen den Sturm zu Geigensauer.

„Er fährt mit mir", sagte Jane. Da setzte mit einem Mal der Gewitterregen ein und sie liefen zu ihren Autos.

Bevor Drubovic einstieg, rief er noch zu Geigensauer: „Du schuldest mir 100 Euro!"